Editora Zain

COLEÇÃOLIBRO&LIBRETO

Jon Fosse

Manhã e noite

Tradução do norueguês e posfácio
Leonardo Pinto Silva

zain

© Morgon og kveld (romance), Det Norske Samlaget, 2000
© Morgon og kveld (libreto), Jon Fosse, 2015
Publicado em acordo com Winje Agency e Casanovas & Lynch Literary Agency.
© Editora Zain, 2025
Todos os direitos desta edição reservados à Zain.

Título original: *Morgon og kveld*

Esta tradução foi realizada com o apoio financeiro da NORLA, Norwegian Literature Abroad.

Grafia atualizada segundo o Acordo Ortográfico da Língua Portuguesa de 1990, que entrou em vigor em 2009.

EDITOR RESPONSÁVEL
Matthias Zain

PROJETO GRÁFICO
Kiko Farkas | Máquina Estúdio

PREPARAÇÃO
Mariana Donner

REVISÃO
Marina Saraiva
Bonie Santos

Dados Internacionais de Catalogação na Publicação (CIP)
(Câmara Brasileira do Livro, SP, Brasil)

Fosse, Jon
Manhã e noite / Jon Fosse ; tradução Leonardo Pinto Silva.
— 1ª ed. — Belo Horizonte, MG : Zain, 2025.

Título original: *Morgon og kveld*
ISBN 978-65-85603-19-5

1. Romance norueguês I. Título.

24-243859
CDD-839.823

Índice para catálogo sistemático:
1. Romance : Literatura norueguesa 839.823

Eliane de Freitas Leite — Bibliotecária — CRB 8/8415

Zain
R. São Paulo, 1665, sl. 304 — Lourdes
30170-132 — Belo Horizonte, MG
www.editorazain.com.br
contato@editorazain.com.br
instagram.com/editorazain

SUMÁRIO

Manhã e noite (romance)	9
Manhã e noite (libreto)	99
Fosse como Fosse, *por Leonardo Pinto Silva*	144

Esta edição apresenta duas versões de *Manhã e noite*: o romance original (2000) e sua adaptação para libreto (2015) feita pelo próprio Jon Fosse para a ópera homônima do compositor austríaco Georg Friedrich Haas, que estreou em Londres, na Royal Opera House, em novembro de 2015.

Manhã e noite

I

Mais água quente Olai, diz a velha parteira Anna

Não fique aí parado no vão da porta da cozinha homem, ela diz

Não não, diz Olai

e ele sente um calor e um frio se espalhando sob a pele que se arrepia e uma felicidade perpassa todo o seu ser e se exprime como lágrimas nos olhos enquanto ele corre para o fogão e começa a verter a água fumegante numa gamela, água quentinha assim é do que ela precisa, pensa Olai e despeja ainda mais água quente na gamela e ouve a parteira Anna dizer que já está bom, chega de água agora, diz ela e Olai ergue os olhos e lá está a velha parteira Anna a seu lado com as mãos na gamela

Pode deixar que eu carrego lá para dentro, diz a parteira Anna

e então um grito contido ressoa pelo quarto e Olai fita a velha parteira Anna nos olhos e assente e não é que tenta disfarçar um sorriso no canto da boca ali parado como está

Muita calma agora, diz a velha parteira Anna

Se for menino vai se chamar Johannes, diz Olai

Vamos já saber, diz a parteira Anna

Johannes será, diz Olai

Mesmo nome do meu pai, ele diz

Sim, é um belo nome esse, diz a velha parteira Anna

e se ouve mais um grito, mais forte agora

Muita calma agora, Olai, diz a velha parteira Anna

Muita calma, ela diz

Está me ouvindo?, diz ela

Muita calma, ela diz

Como bom pescador você sabe que mulheres não sobem a bordo do barco, não sabe?, diz ela

Sei sim, diz Olai

O mesmo vale para homens aqui, compreende o que isso quer dizer?, pergunta a velha parteira Anna

Mau agouro, diz Olai

Exatamente, mau agouro, isso mesmo, diz a velha parteira Anna

e Olai vê a velha parteira Anna indo na direção da porta do quarto e a gamela com água quente ela carrega nos braços estendidos e então a velha parteira Anna estaca diante da porta do quarto e se vira para Olai

Não fique aí parado, diz a velha parteira Anna

e Olai toma um susto, desde quando ficar ali parado seria causa de mau agouro? Não deve ter sido isso que ela quis dizer e será que algo de errado vai suceder àquela a quem ele tanto honra e venera, sua amada, sua esposa Marta, será, não pode ser

Feche a porta da cozinha agora Olai e vá para o seu canto, diz a velha parteira Anna

e Olai se senta na cabeceira da mesa da cozinha e debruça os cotovelos na mesa e apoia a cabeça nas mãos e ainda bem que hoje deixou Magda aos cuidados do irmão, Olai pensa, quando foi buscar a velha parteira Anna ele primeiro foi remando no barco até a casa do irmão levando Magda sem saber se era o certo a fazer, pois agora ela é quase uma mulher adulta também, a Magda, os anos passaram rápido, mas foi Marta quem lhe pediu, quando ela fosse parir e ele tivesse que buscar de barco a velha parteira Anna que levasse consigo Magda, e então ela ficaria na casa do irmão durante o parto, ela ainda era muito jovem para saber o que lhe reservaria o destino quando chegasse a sua hora, assim lhe disse Marta e então ele que fizesse como lhe foi dito, por mais que desejasse ter Magda por perto agora, uma menina inteligente e sensível desde sempre e de uma bondade acima de tudo, uma filha maravilhosa ele tinha, Olai pensa, mas ele nunca havia imaginado que o Senhor Deus fosse abençoá-los com outros rebentos, pois Marta não engravidou mais e os anos passaram e nesse passar dos anos eles foram se acostumando com a ideia de que não teriam mais filhos para criar, assim foi, era essa a sua sina e por isso agradeciam ao Senhor por Ele lhes ter dado Magda, porque sem ela a vida aqui neste pontal de praia em Holmen seria triste e solitária, nesta casa que ele ergueu com as próprias mãos, seus irmãos e vizinhos também ajudaram, é verdade, mas a maior parte do trabalho coube a ele mesmo, e quando ele pediu a mão de Marta já tinha a casa em Holmen, a comprara por uns poucos dinheiros e pensou em tudo, cada detalhe da construção, bem reforçada contra as intempéries, até mesmo onde abrigar o barco e onde construir o atracadouro ele planejou, pois também era preciso, e a primeira coisa que construiu foi o atracadouro e o fez numa enseada tranquila faceando a terra firme, bem resguardada do vento e das tempestades marinhas que chegam do poente até Holmen, e então a casa foi erguida, não tão grande e confortável quanto era de esperar, e agora, agora Marta está ali deitada no quarto prestes a dar à luz um filho finalmente, agora o pequeno

Johannes está para nascer, disso ele tinha certeza, Olai pensou, sentado na cabeceira da mesa da cozinha na sua cadeira com a cabeça apoiada nas mãos, tomara que nada dê errado justo agora, tomara que Marta dê à luz o filho, o traga ao mundo, tomara que a criança, o pequeno Johannes, não se demore no ventre de Marta e que os dois sobrevivam, o pequeno Johannes e a Marta, tomara que aquilo que vitimou sua própria mãe naquele dia terrível não se abata agora sobre Marta, melhor até nem pensar nisso, Olai pensa, pois eles têm tido uma vida tão boa juntos, o Olai e a Marta, desde o início sentem essa afeição mútua, Olai pensa, mas e agora? Agora Marta será tirada dele? A vontade de Deus será mesmo tão cruel? Não, Ele não haverá de querer, mas quem governa este mundo tanto quanto Deus é Satanás, disso Olai nunca duvidou, muito disso aqui é governado por um deus menor ou pelo próprio mal encarnado, mas nem tudo, pois o bom Deus está presente hoje nesta casa, assim é, Olai pensa sentado ali na cabeceira da mesa da cozinha na sua cadeira apoiando a cabeça nas mãos, não, o bom Deus veio em seu socorro, até aqui ele tinha uma vida boa e era tão feliz com a esposa e a filha que não tinha do que reclamar nem o que pedir para si, desde que Magda viera ao mundo não passaram necessidades e davam graças a Deus por tê-la, era assim que pensavam, tanto Marta quanto ele, mas então a barriga de Marta começou a crescer e então ficou claro para eles que o Senhor Deus os abençoara com mais uma criança, agora não restavam mais dúvidas, só gratidão ao Senhor Deus por tê-los abençoado com mais um filho e desta vez haveria de ser um menino, agora o pequeno Johannes viria ao mundo, disso Olai tinha certeza e agora o dia e a hora tinham chegado e o tempo demorava a passar, Olai pensou ali sentado na cabeceira da mesa da cozinha apoiando a cabeça nas mãos, agora um menino vai nascer, ele estava certo disso, o incerto era se chegaria vivo ou não a este mundo vil, era só o que importava agora, Olai pensou, mas caso o menino nascesse vivo não haveria dúvida sobre como se chamaria, há muito tempo ele disse à Marta que o bebê que ela gestava teria por nome Johannes assim como o avô e ela não discordou, era um nome apropriado, ela disse, era bom que o menino se chamasse como o avô, Olai pensa, e agora, por que esse silêncio lá dentro do quarto? Tem alguma coisa errada? Será que já havia algo de errado quando a velha parteira Anna veio à cozinha buscar mais água quente? Não, ele não percebeu nada no semblante da velha parteira Anna a indicar que as coisas não estivessem correndo como deveriam, Olai pensa e de repente se acalma, sim, chega a sentir quase uma alegria, sim, como as coisas mudam de repente, é incrível, Olai pensa, é agora que um bebezinho, o pequeno Johannes, verá a luz do mundo, pois na escuridão e no calor da barriga de Marta ele cresceu forte e saudável, do nada ele se transformou num ser humano, um homenzinho, na barriga de Marta ele ganhou mãos, pés e um rosto, lá dentro ganhou dois olhos e um cérebro e talvez até mesmo uns fios de cabelo, e agora, enquanto a mãe Marta urra de dor, virá a este mundo frio e nele estará sozinho, separado de Marta, separado dos outros, estará só e sempre só e então, quando tudo chegar ao fim, quando chegar sua hora, ele desaparecerá e tornará ao nada do qual veio, do nada ao nada, assim é o curso da vida, para humanos, animais, pássaros, peixes, casas, barcos, para tudo que existe, Olai pensa, mas há muito mais do que isso, ele pensa, porque mesmo que se possa pensar desse modo, do nada ao nada, não é assim que o mundo é, ele é muito além disso, mas o que seria esse muito além? O céu azul, as árvores que se cobrem de folhas? O verbo no princípio de tudo, como dizem as Escrituras, e que nos fazem compreender, tanto profunda quanto superficialmente, o que existe além disso? Não, quem pode, quem pode asseverar? Pois decerto deve haver um espírito de Deus que está em tudo que existe e tudo transforma em mais do que um nada, que dá sentido e cores, e portanto, Olai pensa, a palavra e o espírito de Deus estão em tudo, assim é que é, ele tem certeza, Olai pensa, mas a obra e a vontade de Satanás também estão lá, disso ele tem certeza igual, e se nessa inteireza há mais de um ou de outro, bem, aí ele já não está tão certo, Olai pensa, porque eles travam uma batalha, os dois, eles pelejam para saber quem é o mais forte, e já era assim provavelmente quando o mundo foi criado, Olai pensa, Deus criou o mundo bom e Ele é onipotente e onisciente, conforme dizem os que creem, mas não, ele talvez nunca tenha dado muito crédito a isso, mas da existência de Deus ele não tem dúvidas, pois Deus existe, sim, mas lá longe, bem longe, e aqui bem perto, pois em cada ser ele habita, e o abismo que aparta o distante e nada onipotente Deus e o ensimesmado e nada onipotente ser humano diminuiu quando Deus se transformou em homem e conviveu no meio de nós, quando Jesus caminhou sobre esta terra, não, disso ele nunca teve dúvidas, mas que é Deus quem tudo decide e é a vontade de Deus que está em tudo que acontece, não, nisso ele não põe fé, tão certo como ele se chama Olai e é pescador e é casado com Marta e é filho de Johannes e agora, neste instante, será pai de uma criaturinha que se chamará Johannes, tal como o avô paterno. Sim, existe um Deus, Olai pensa. Mas Ele está muito longe e muito perto. E não é nem onisciente nem onipotente. E não é só esse Deus que governa o mundo e a humanidade, sim, Ele também está aqui, mas enquanto criava Sua obra enfrentou atribulações, Olai pensa e já que pensa assim pode muito bem ser que o tomem por incréu, alguém incapaz de sustentar até a própria crença, ou nem sequer isso, mas ele não é homem de fingir que não sabe o que já sabe e que não viu o que já viu, de não ter o juízo que já formou, e também é difícil expressar em palavras o que sabe, de fato também é, pois o que ele possui é uma compreensão que não pode ser expressa, é mais uma tristeza do que uma palavra, e seu Deus, se agora pode ser chamado assim, não é deste mundo, é um Deus que só se pode encontrar quando se dá as costas a este mundo, é então que Ele se revela, misteriosamente, tanto no indivíduo quanto no mundo, Olai pensa, e escuta um pouco do que seu Deus quer dizer quando um bom músico toca seu instrumento, ali Ele está, pois a boa música se alheia do mundo, para o desgosto de Satanás, que por esse motivo faz tanto barulho e maldade quando um bom músico toca e isso é terrível, Olai pensa, e agora, lá dentro do quarto, agora o pequeno Johannes está lutando pela vida, o pequeno Johannes, seu filho, agora ele virá ao mundo, a este mundo vil, neste que é um dos maiores desafios da existência humana, deixar sua origem no ventre materno e começar a própria vida neste mundo vil, pois tudo está relacionado à bondade de Deus e a um deus menor ou um Satanás, não, agora ele não deve pensar assim, não carece disso, sim, não, o quê mesmo, Olai pensa, e se levanta e ouve Marta gritar e ouve a velha parteira Anna dizer isso mesmo, faça mais força, muito bem Marta e a velha parteira Anna diz um pouco mais e aquilo pressiona a cabeça e a escuridão não é mais vermelha e suave e todos esses sons e essa palpitação incessante ah ah vamos vamos ah ah ah vamos ah e eh oh ah e sim isso isso e as vozes e os sussurros e gemidos e o velho rio e o balanço e ih ah eh ah ih eh ah eh ah e a água e ah e eh oh tudo é sim isso isso e as vozes e então esses sons terríveis e força eh ah eh e esse frio cortante ah ah e a pedra que amola indo e voltando e tudo que acontece oh com um indivíduo e doem os braços e as pernas e tudo dói os dedos e as contrações e força oh e tudo eh a água serena eh ah oh ah e um gemido profundo e as vozes eh e ah ah ai eh ah sim ah e então a luz ah de lá ai de longe tudo está num outro lugar ah ah e não está mais lá mas um zumbido e então um som e algo o deixa numa espécie de transe e de alguma maneira o transporta para outro lugar e então mãos e dedos se entrelaçam em dedos e todo esse passado e tudo não é mais onde está numa antiga casa de água num velho mar esverdeado e estrelas cintilantes que se afastam e se aproximam e vêm e nada está nítido mas um brilho perpassa tudo como se emanasse de uma estrela e uma linha macia e fria brotasse da terra e então esse silêncio um grande e ancestral silêncio provém dali e não de dentro mas algo que deveria ser e não vem ressurge e some e o sumiço não é nada senão o velho e nunca o mesmo e então o grito claro e nítido um grito claro como uma estrela e então como um nome um significado um vento este sopro um sopro calmo e então uma calma calma movimentos serenos e a maciez do tecido branco não tão velho mas do mar um pano e não escuro e vermelho mas seco e terrivelmente calmo e então uma mão e este grito se cala e então a maciez do macio assim como a vermelhidão e a escuridão e o calor e então o branco e macio e quente ali entre os lábios e firme e branco e tudo é calma e então você é tão lindo e você tão lindo um belo menino você é e ninguém é tão lindo como você não existe ninguém tão lindo como você você é o mais lindo o melhor Sim é um lindo garoto sim

Ele é lindo Que maravilha Você ganhou um filho e tudo é macio e úmido e então essa estranha e plácida calma e então oh oh oh e o branco oh e o macio e oh e o duro e oh oh assim mesmo isso oh oh e tão macio e então quase quente e oh oh tão quietinho Johannes O nome dele vai ser Johannes É esse o nome sim e se aconchega e não é É um belo menino Johannes sim e será isso será assim e não outra coisa Johannes será pescador como o pai Sim Johannes será e tão calmo e ali e ali e então e então e Olai está ali, ao lado da cama dentro do quarto e vê o pequeno Johannes deitado no colo de Marta e seus parcos tufos de cabelo emplastrados na testa e Marta está ali deitada de olhos fechados respirando calmamente em longas e lentas inspirações e expirações e o pequeno Johannes está ali deitado e mama e mama

Que belo menino que você é, diz Olai

Sim, um menino saudável e formoso, diz a velha parteira Anna

E tudo correu bem, diz ela

Tudo correu bem tanto para a mãe quanto para o bebê, diz ela

E agora eles precisam descansar, agora que se separaram, mãe e filho, eles precisam descansar, ela diz

Sim, e obrigado por sua ajuda, diz Olai

Agradeça antes a Deus, diz a velha parteira Anna

Mas agora você terá que remar e me levar para casa, diz ela

Sim, é o que vou fazer, diz Olai

e Olai fica parado admirando Marta e o pequeno Johannes deitado no colo de Marta, cujos seios agora estão grandes e intumescidos, ele não se lembra de tê-los visto assim tão grandes, grandes e brancos e envoltos em veias azuladas e Marta está deitada ali bela e saudável, ela só aparenta estar extremamente cansada e extremamente calma também deitada ali de olhos fechados respirando devagar e profundamente como se possuída por uma calma maior que a própria vida, Olai pensa ali junto à cama do quarto olhando para Marta e para o pequeno Johannes deitado no colo de Marta

Está tudo bem, Marta?, diz Olai

e ele pensa que tinha que dizer alguma coisa, não poderia apenas ficar ali sem dizer nada, ali sem jeito, Olai pensa ao lado da cama em que Marta está deitada com o pequeno Johannes no colo e Marta não responde e Olai vê Marta abrir os olhos e olhar para ele e ele não compreende aqueles olhos, eles parecem distantes e parecem saber de algo que ele mesmo não sabe, ele nunca foi bom de decifrar as mulheres, alguma coisa elas sabem, algo que ele nunca é capaz de compreender, algo que elas não dizem e certamente não podem dizer, pois não pode ser dito

Sim, diz Marta num fio de voz

Que bom, diz Olai

Ela só está cansada, como se vê, diz a velha parteira Anna

Cansada, sim, ela repete

e Olai vê que Marta assente com a cabeça e vê que ela volta a fechar os olhos e então a ouve respirar de novo, tranquila, lentamente

Você deve trazer a Magda para casa, diz Marta de algum lugar no fundo do peito

Vou fazer isso, claro, diz Olai

e ele não entende por que a voz de Marta parece emanar de tão longe, como se ela não se encontrasse no quarto onde ele também está, mas como se estivesse num outro lugar onde só ela está, imersa numa infinita quietude

Para ela conhecer o irmão, diz Marta

e ela continua a falar com os olhos fechados e respirando lenta e profunda e calmamente

Sim enquanto ele ainda é recém-chegado a esta vida, diz Marta

e Olai percebe um sorriso se insinuar nos lábios de Marta e agora também percebe como os lábios dela estão pálidos e ao mesmo tempo Johannes encolhe as pernas e chora a plenos pulmões e meu Deus como esse menino é forte, é incrível isso, que um menininho tão pequeno tenha uma voz tão poderosa, Olai pensa, que coisa que coisa

Faz bem chorar alto assim, diz a velha parteira Anna

É bom para ele, mostra que ele está vivo e respirando como tem que ser, ela diz

Se você diz então é porque é, diz Olai

É assim mesmo, diz a velha parteira Anna

e Olai vê que Marta está ali deitada acarinhando as costas do pequeno Johannes e dizendo está tudo bem tudo bem, não chore, não precisa gritar assim, tudo vai ficar bem, diz Marta ainda respirando profunda e lentamente, uma respiração de uma calma que não é deste mundo, Olai pensa ali ao lado da cama onde Marta está deitada e o pequeno Johannes chora sem parar e o pequeno Johannes ouve a própria voz ecoar vigorosamente pelo mundo e seu grito preencher o mundo em que está e nada mais agora é quente e preto e vermelho e úmido e completo, tudo agora é apenas sua própria voz, é ele quem agora preenche tudo que é e ele e sua voz estão separados mas ao mesmo tempo não estão e existe algo mais, algo do qual ele faz parte mas não faz porque sua voz perpassa tudo que está ali e ecoa até ele e vai ressoando mais e mais alta

Tudo vai ficar bem, diz Olai

e lá fora também há outras vozes outras asas outras

luzes e elas são parecidas e tudo é diferente e faz parte desse todo agora

Está tudo bem, diz Marta

e então esses sons calmos, calmos e está tudo bem tudo bem shhh e shhh e hmm e shhh e esse sentir shhh e o calor e shhh os sons shhh quietinho quente e então esse medo, pronto, pronto e shhh e então a voz lá fora, lá fora, todas as vozes e nada mais está junto e então shhh e então o pequeno Johannes chora e chora e nada mais está junto e todas as coisas se separam e se apartam e o choro e tudo é um ruído calmo

Johannes, meu pequeno, tudo vai ficar bem, diz Olai

Ele vai se chamar Johannes, sim, diz a velha parteira Anna

e nada mais é calmo, tudo são apenas ruídos cortantes que rasgam e voltam a se fechar e pronto, pronto e é como deve ser e movimentos rápidos lentos se entrechocam e nada mais é claro de nenhuma forma tudo é só movimento nenhuma cor mais nenhuma pulsação rítmica nada mais se move calma e tranquilamente como antes tudo apenas se destaca nada mais pode ser separado e o pequeno Johannes chora seu choro e a voz acalma e ele está unido e ele está separado e ele está tão sozinho nenhuma cor nenhum som nenhuma luz e não doem os braços as pernas a barriga o que dói é essa claridade esses movimentos essa respiração esse tudo que entra e sai e então tem que ser tem que ser tem que e a brancura macia áspera na boca e esse sentir

Está tudo bem, diz Marta

Ele vai se chamar Johannes, em homenagem ao meu pai, diz Olai

Sim, ele vai se chamar Johannes, diz Marta

E Marta abre os olhos e agora parece encará-los, tanto Olai quanto a velha parteira Anna

É um nome muito bonito, diz a velha parteira Anna

Ele vai gostar, diz ela

Espero que sim, diz Olai

E vai ser pescador, o Johannes, tal como o pai, diz Olai

Vai, sim, diz a velha parteira Anna

É isso, diz Olai

Seu filho nasceu perfeito e tudo correu bem, diz a velha parteira Anna

E ele vai ser pescador, diz Olai

Isso mesmo, diz a velha parteira Anna

Olhe só como ele está bem agora, esse menininho, diz Olai

Ele encontrou seu lugar na vida agora, diz a parteira Anna

e então diz que terá que voltar para casa em breve, outras grávidas estão para dar à luz, ela diz, então melhor ir para casa e esperar ser chamada, é o mais prudente a fazer, ela diz, então talvez fosse a hora de fazer a travessia? É uma boa distância para remar, diz a velha parteira Anna, e Olai assente e diz que eles já vão e a parteira Anna diz que Marta e o pequeno estão bem agora e se surgir algum problema é só mandar chamá-la, diz a parteira Anna, mas agora está tudo bem, isso ela pode garantir e sabe bem do que está falando, diz a velha parteira Anna e Olai olha para Marta ali deitada de olhos fechados com o pequeno Johannes no colo

Vou levar a parteira Anna para casa então, diz Olai

e Marta fica ali deitada como se ignorasse a sua voz, continua deitada tranquilamente, quase como se dormisse, com o pequeno Johannes no colo

Está bem, Marta, diz Olai

Ela está cansada, está exausta, diz a velha parteira Anna

Sim, podem ir, diz Marta

e Olai vê que Marta não abre os olhos

É bom você descansar um pouco agora, diz a velha parteira Anna

e acaricia levemente a testa de Marta

E então pode trazer a Magda de volta para casa, diz Marta

e olha na direção de Olai

É o que vou fazer, diz Olai

e então Marta sorri timidamente para Olai e ele a segura pela mão e passa seus dedos ásperos, finos e compridos sobre a testa de Marta e sente a testa úmida e então faz um carinho no queixo do pequeno Johannes e sente como é estranho o toque na pele macia daquele rostinho

Agora vamos, diz a velha parteira Anna

Pois bem, vamos sim, diz Olai

Johannes acordou e sentiu o corpo dolorido e rígido e passou um bom tempo deitado na cama do quarto separado da sala por uma cortina, e pensou que agora precisava se levantar, mas ficou deitado, porque lá fora decerto era mais um dia cinzento, disso ele tinha certeza, com chuva e neblina, rajadas de vento e céu encoberto, com frio e cerração como eram todos os dias nesta época do ano, e o que mais ele poderia fazer hoje? Ficar em casa não podia, porque tudo aqui ficou tão estranho depois que a Erna morreu, é como se a casa tivesse perdido seu calor, é claro que ele poderia acender a lareira e naturalmente poderia ligar os aquecedores elétricos e quando os ligava sempre os deixava no máximo, não economizava mais com nada, não era preciso, já estava velho e vivia da aposentadoria, como todos os outros, mas por mais que a aquecesse a casa nunca ficava quente, não importava quantas luzes acendesse, a casa nunca ficava bem iluminada, então por isso mesmo ele poderia muito bem continuar deitado na cama o quanto quisesse, mas ele também não era de se entregar, queria manter o vigor, se manter ativo, do contrário seu corpo ficaria mais enrijecido e dolorido, porque jovem ele já não era havia muito tempo, Johannes pensou, não, agora era hora de ficar de pé, ele pensou, agora não podia mais ficar deitado, e a fissura de fumar era imensa, então um cigarro agora até que convinha, Johannes pensa, e faz frio no quarto, na sala também, mas na cozinha a estufa ficou ligada a noite inteira, então talvez ele possa ir até lá, enrolar um cigarrinho, fazer um café e comer alguma coisa, uma fatia de pão com queijo para que o dia de hoje seja igual a todos os outros, Johannes pensa. Mas e daí? O que fazer depois? Caminhar rumo ao poente até a baía, dar uma olhada em como estão as coisas por lá? E caso o tempo não esteja tão ruim, ele pode sair de barco, tentar fisgar algum peixe, isso ele pode, Johannes pensa, e imediatamente se dá conta de que é isso que lhe ocorre todas as manhãs, a cada manhã é esse mesmo pensamento, Johannes pensa, e o que mais ele poderia pensar? O que mais poderia fazer além de caminhar até a baía?, Johannes pensa e ele pensa que não deveria sentir esse desânimo todo, as coisas não estão tão ruins, por acaso ele não tem um lar aquecido, e também filhos, e são boas pessoas, e não tão longe mora a caçula Signe, que vem vê-lo quase todos os dias, e ela também telefona, claro que telefona, e também tem netos, uns pestinhas que alegram a vida, os netos, não, não seja tão rabugento aí deitado no quarto, levante-se, homem, tudo tem um limite, Johannes pensa, e com dificuldade se levanta da cama e de repente se sente muito leve, como se não sentisse o próprio peso, Johannes pensa, é estranho se levantar assim sem que lhe doam mais os músculos e os ossos, ele apenas se sentou na cabeceira da cama e se sentiu como se fosse novamente um jovem, Johannes pensa sentado na cabeceira da cama, e se é assim tão simples então ele vai se levantar imediatamente, Johannes pensa, e então se levanta e desse jeito é muito fácil, e então Johannes fica em pé, sim, ele fica, mas se sente leve, estranhamente leve, tanto no corpo como na mente, Johannes pensa, e vê a calça jogada sobre a cadeira e a camisa também e pega a camisa e a veste e abotoa a camisa e então é a vez da calça e ele pega a calça e se senta novamente na beira da cama e se inclina e enfia um pé em seu devido lugar na perna da calça e então enfia o outro pé em seu devido lugar e hoje não sente cansaço nem dores quando mexe o corpo e Johannes fica em pé parado ali e é fácil demais, não, isso é muito estranho, Johannes pensa e puxa a calça até a cintura e então passa uma alça do suspensório sobre o ombro em seu devido lugar, depois a outra e então vai até a cozinha, pois o pacote de tabaco está lá em seu devido lugar, sobre a mesa da cozinha, diante da cadeira dele, o assento que ocupou durante todos esses anos, Johannes pensa, e vai até a sala e vê que tudo está no mesmo lugar de sempre, ele mantém a casa limpa e arrumada, por mais que agora viva ali sozinho, ninguém irá dizer que Johannes não mantém a casa em ordem, não, Johannes pensa, e nem faz tanto frio na sala como costuma fazer, não está nem frio por assim dizer, nem quente nem frio, mas aconchegante e confortável, como se fosse uma manhã de verão, uma bela manhã de verão, Johannes pensa, e agora foi bom ter vindo até a cozinha fumar um cigarrinho e tomar um café, do jeito que sempre fez ao longo de tantos anos, Johannes pensa, e abre a porta da cozinha e bem ali, sobre a mesa da cozinha, exatamente em seu lugar, está o pacote de tabaco, e a caixa de fósforos também, sim um cigarrinho convém agora, ele sempre sente essa fissura de fumar assim que acorda, mas hoje, pensando bem, ele não está sentindo fissura nenhuma, não, ele não sente essa vontade, mas mesmo assim vai fumar um cigarro nesta manhã, Johannes pensa, e vai até a mesa da cozinha e puxa a cadeira e se senta e até na cozinha não faz calor nem frio, Johannes pensa, e ele olha para o outro lado da mesa da cozinha onde a Erna costumava se sentar de manhã e agora a cadeira está vazia e mesmo assim nesta manhã é como se ela estivesse sentada ali, Johannes pensa, e olha pela janela da cozinha e o tempo lá fora parece cinzento e brumoso, por acaso ele esperava que fosse diferente? De jeito nenhum, Johannes pensa sentado na cadeira em que sentou durante todos esses anos, ali ele se sentou e ao lado se sentava a Erna, Johannes pensa, e pega o pacote de tabaco e enrola um cigarro, um cigarro grosso e bom e pega a caixinha e acende um fósforo e Johannes dá uma longa tragada e então mais uma e para cada tragada ele sempre sentia a fumaça se espalhando pelas pernas e braços, uma calma se irradiando pelo corpo ou como é que se pode explicar, Johannes pensa, mas hoje não sente nada e é muito estranho, pois em todos esses anos ele sempre precisou dar umas boas tragadas para poder despertar de verdade, Johannes pensa, e com o cigarro na boca ele se levanta e vai pegar o bule, vai até a pia, abre a torneira, apara a água, fecha a torneira e então Johannes põe o bule no fogão, acende o fogo e fica olhando o bule tão polido e bonito que é como se tivesse diante de si uma isca reluzente, mas naquele dia em que ele e Peter foram ao mar pescar a isca não afundou, não, como é possível, Johannes pensa, que ele tenha atirado a isca na água e ela tenha estacado um metro sob o barco e ali permanecido no mar límpido recusando-se a afundar, não, como é possível isso ter acontecido justo com ele, e o que pode querer dizer tal coisa? Será que o Peter estava mesmo certo quando disse que o mar não queria mais nada com Johannes? Será que era mesmo isso?, Johannes pensa, mas que tenha voltado a pensar nisso tudo, que agora esteja imaginando a isca ali cerca de um metro sob a superfície do mar e a linha flutuando na água, e então a si mesmo recolhendo a linha e voltando a lançar a isca, para de novo a mesma coisa acontecer, mesmo quando troca de lado a mesma coisa volta a acontecer, não é possível, não, Johannes pensa, e achar que isso de a isca se recusar a afundar não é coisa que ele possa contar a qualquer um, provavelmente ninguém acreditaria, vão dizer que tudo não passa de história de pescador ou então que ele está ficando ruim do juízo, Johannes pensa e vê que a água do café está fervendo e então tira o bule do fogão, apaga o fogo e então põe uma boa colherada de café no bule, bem, pelo menos agora ele vai tomar uma bela caneca de café, Johannes pensa, e talvez até coma uma fatia de pão, por mais que não tenha apetite nesta manhã como não tem nas outras manhãs, ele deve comer uma fatia de pão hoje também, Johannes pensa, e descansa o cigarro no cinzeiro, vai até o balcão da cozinha, abre a gaveta e tira dali o que sobrou de um pão de forma

Duro e ruim, diz Johannes

e coloca o pão sobre a tábua e pega a faca de serra e corta uma fatia do pão e depois a cobre com uma generosa quantidade de manteiga e em seguida corta uma grossa fatia de queijo

É, de vez em quando é preciso comer alguma coisa, diz Johannes

e pega sua caneca na bancada da cozinha, não, ela não é lavada com tanta frequência, mas que mal isso faz? Ele vive ali sozinho, Johannes pensa, e vai até a pia e enxágua a caneca e depois se serve, com cuidado beberica o café quente e então descansa a caneca na mesa da cozinha, vai buscar a fatia de pão com queijo, se senta, põe o cigarro no cinzeiro, mordisca o pão, dá um gole no café, mastiga lentamente e por muito tempo, e não sente o gosto de nada, não é bom nem ruim, Johannes pensa, engole o bocado, depois toma mais um pouquinho do café, depois dá mais uma mordida no pão, depois bebe mais café, agora até que está gostoso, Johannes pensa

Até que está bom, diz Johannes

e agora ele pode dar mais umas tragadas, Johannes pensa, e pega o cigarro do cinzeiro e o acende, dá umas tragadas e então beberica o café novamente e de pouco em pouco começa a despertar, será? Pelo visto, sim, Johannes pensa, agora o dia finalmente está começando e ele vai dar um passeio até a baía, quem sabe até se anime a ir de bicicleta? Bem que poderia, pois as estradas agora não estão mais tão escorregadias, então ele pode, sim, se exercitar um pouco, pode ir até a edícula atrás da casa conferir o estado da bicicleta, Johannes pensa, de fato, por que não pedalar um pouco?, Johannes pensa, mas primeiro precisa comer o resto da fatia de pão com queijo e depois tomar pelo menos mais uma caneca de café, então provavelmente irá se sentir como antes, Johannes pensa, e põe o cigarro de lado e pensa que agora vai devorar a fatia inteira sem muito refletir, Johannes pensa, e pega a fatia e morde e mastiga e bebe seu café e a fatia vai diminuindo e ele põe a casca em cima da mesa da cozinha, a casca ele não vai comer, tudo tem um limite, Johannes pensa e pega o pacote de tabaco e enrola mais um cigarro e pega a caixa de fósforos e acende o cigarro e com o cigarro entre os lábios e a caneca na mão vai até o fogão e se serve de mais café e volta ao seu lugar na mesa da cozinha e se não fosse pela história da isca, que não quis afundar naquela ocasião, ele até que poderia ir pescar hoje, mas se as coisas estão desse jeito, se a isca não afunda quando ele a atira no mar, não, se for assim melhor deixar essa ideia de lado, não? Quem sabe ele possa mesmo dar uma volta no barco hoje? Não seria nem o caso de pescar, Johannes pensa e se ao menos a Erna estivesse aqui, Johannes pensa, não, ela partiu tão de repente, de uma hora para a outra, na noite anterior à morte dela eles estavam sentados aqui na mesa da cozinha conversando à toa, nem se lembra sobre o quê, mas sobre algum assunto era, então foram se deitar, ele no quarto lá embaixo, ela no quartinho no sótão, como fizeram ao longo de tantos anos, mas então ela não desceu na manhã seguinte e isso foi tudo, Johannes pensa

Pois é, diz ele

Assim é que são as coisas, diz ele

Muito bem, agora vou me mexer um pouco, diz ele

e Johannes apaga o cigarro, se levanta, pega a caneca e a deixa na bancada da cozinha e então apanha o pacote de tabaco e vai até o corredor onde sua jaqueta está pendurada num cabide e a veste e enfia o pacote de tabaco no bolso e na prateleira está o seu boné e ele o enfia na cabeça, e então talvez fosse bom ir antes ao banheiro, antes de sair para dar uma volta, mas não sente necessidade, Johannes pensa, então quem sabe possa ir até a edícula agora?, Johannes pensa, faz tempo que não vai até lá, sim, ele pode ir, pode ir dar uma olhada na edícula, conferir como estão as coisas, Johannes pensa, e atravessa o quintal e vai até a edícula e abre a porta da edícula e lá dentro pendurada num gancho está a antiga bicicleta e reparando bem será que aquele pneu não está murcho, com certeza está, Johannes pensa e pensa que já que o pneu deve estar furado, o jeito é ir a pé até a baía, e mais tarde consertar o pneu, para ter com o que se ocupar, Johannes pensa, e sai da edícula e para diante da porta e de repente tem a impressão, como é que se pode dizer, de que uma voz lhe diz para voltar, entre lá novamente, Johannes, dê uma boa olhada em volta, é como se essa voz dissesse e Johannes não compreende e pensa se tem mesmo que obedecer àquela voz, nesse caso é melhor entrar e ver se lá na edícula tudo está no seu lugar, mas por quê?, Johannes pensa, por que sentiu essa súbita necessidade de entrar na edícula? Acaso nunca sentiu nada parecido? Será que tem algo de errado lá dentro?, Johannes pensa e pensa que não, parece até que nem está agindo como ele mesmo, mas pode, sim, voltar até a edícula, por que não, ele pensa e volta lá dentro e fica parado olhando a bicicleta, as tábuas de lavar roupa, o cavalete de madeira, e ali na parede estão pendurados os rastelos e as pás, e cada objeto é como se estivesse impregnado de um peso e cada coisa se anunciasse e anunciasse tudo que se pode fazer com ela e tudo é muito velho, como ele mesmo, e tudo descansa em seu próprio peso e aparenta uma calma que ele nunca tinha reparado, mas o que há com ele afinal, parado ali admirando as quinquilharias naquela edícula? Por que isso agora? Ficar ali tendo esses pensamentos sem sentido, Johannes pensa, mas cada um daqueles objetos, ele percebe, carrega o peso do trabalho feito com eles e, ao mesmo tempo, é tão leve, tão incompreensivelmente leve, Johannes pensa, imagine por exemplo quantas vezes a Erna usou aquelas tábuas de lavar, quanta roupa ela não esfregou naquelas tábuas até que a máquina de lavar chegasse em casa, pois é, não foram poucas essas vezes, e agora a Erna já se foi e as tábuas ainda estão ali, assim é a vida, as pessoas se vão e as coisas ficam, e lá em cima, no sótão da edícula, estão todos os objetos que ele foi acumulando, apetrechos de pescar de diversos tipos e ferramentas de toda sorte, sim, ele bem que poderia ir até lá, Johannes pensa, hoje não teria dificuldade para subir aquela escada, ele que acordou tão bem-disposto e com o corpo tão leve hoje, como se fosse um jovem, Johannes pensa, e começa a subir a escadinha estreita da edícula, tão estreita que é quase como se fosse uma escalada, mas ele sobe com facilidade e lá no alto encontra uma escotilha que precisa empurrar para abrir, mas até isso provavelmente não será um problema hoje, Johannes pensa, e levanta um braço e empurra a escotilha que cede facilmente, como se não tivesse peso, foi tão fácil abri-la que ele mal consegue acreditar, Johannes pensa, e ele sobe até o sótão da edícula e olha em volta e tudo que vê reluz como ouro, ele nunca tinha enxergado as coisas desse jeito, Johannes pensa, e isso é muito estranho, todos os objetos estão em seu lugar, quase todos são objetos velhos e desgastados, e então é como se estivessem onde deveriam estar mas rodeados por um halo dourado, como pode, Johannes pensa, e fica parado olhando e pensa que tudo está como deveria ser e ao mesmo tempo é diferente, todos são objetos banais, mas que de alguma forma adquiriram um valor e uma aura dourada, e um peso, como se fossem bem mais pesados do que de fato são, e ao mesmo tempo não tivessem peso algum, Johannes pensa e ele está gostando disso? Não, gostando ele não pode dizer que está, porque é claro que a edícula e o sótão da edícula estão como sempre estiveram, é só ele que vê e experimenta as coisas de outra forma e disso ele não está gostando nada, Johannes pensa, então o melhor a fazer é descer a escada, por mais que ele esteja até apreciando estar aqui entretido com coisas que parecem ao mesmo tempo mais pesadas e mais leves do que são, como se as coisas tivessem adquirido o peso do que foi feito com elas, de todo o trabalho que realizaram, e ao mesmo tempo é como se não tivessem peso, como se estivessem paradas e ao mesmo tempo flutuassem, não, agora é melhor descer do sótão da edícula, Johannes pensa, ele não pode ser esse velho maluco que fica pensando essas coisas, olhando para coisas absolutamente banais como se elas não estivessem ali, Johannes pensa, ainda que a visão dessas coisas seja agradável, ele pensa, mas ficar parado ali ele não pode, Johannes pensa, e dá meia--volta e vai até a escada e segura firme a alça da escotilha no chão e começa a descer a escadinha íngreme enquanto sua mão agarra firme a alça da escotilha e ele se detém na escada da edícula, com a cabeça no nível do chão apoiando a tampa da escotilha ele fica olhando para as coisas no sótão da edícula e agora é como se uma garoa luminosa tivesse se depositado nas coisas e as transfor-mado e agora ele tem que descer, Johannes pensa e desce alguns degraus pela escada e a escotilha se encaixa no lu-gar acima da sua cabeça e ele desce e olha para a porta e não se vira ao fechá-la atrás de si, apenas sai, e agora ele bem que podia ir ao banheiro externo, Johannes pensa, antes de ir até a baía, mas não, será que precisa mesmo? Não é necessário, é?, Johannes pensa, então ele provavel-mente seguirá direto para a baía, é isso, para ver a quan-tas anda o barquinho que deixou atracado lá, o velho e bom barco a remo, Johannes pensa, e uma vez que o tem-po não está tão feio talvez fosse o caso até de remar um pouco, não ir tão longe, não se afastar muito rumo ao poen-te, mas pelo menos remar um pouco ao longo da orla, de pescar ele não tem vontade, pescar ele já não quer mais desde aquela vez em que a isca teimou em não afundar por mais que ele insistisse, então ele decidiu pôr um pon-to-final na pescaria, agora não quer mais saber desse as-sunto, quem quiser que continue pescando, ele não, já pescou o que tinha de pescar na vida, Johannes pensa e começa a caminhar até a estrada, rumo ao poente, até a baía ele consegue ir, Johannes pensa e quem sabe até possa esbarrar em alguém para jogar um pouco de conversa fora, Johannes pensa e olha para a casa do Peter e acha que ela também parece diferente, nunca havia tido essa impressão, ela também aparenta estar mais pesada, como se estivesse solidamente ancorada ao chão, e ao mesmo tempo parece leve, como se o tempo inteiro quisesse flutuar em pleno céu, mas neste caso flutuaria serenamente, como se não houvesse nada de estranho nessa flutuação, e as janelas da casa do Peter olham para ele com essa serenidade, como se fossem pessoas, velhos conhecidos, e de fato o são, pois não foram poucas as vezes em que ele esteve na casa do Peter, Johannes pensa, ele ia lá com frequência desde que ele e Erna e os cinco filhos que tinham compraram a casinha naquele tempo e se mudaram para cá, não podiam continuar morando lá naquele fim de mundo em Holmen, tão distante das pessoas do jeito que era, além disso ele e o pai, o Olai, já não tinham uma convivência tão boa, e uma vez que vieram mais dois filhos, Signe e o pequeno Olai, pois no fim algum filho tinha que ter o mesmo nome de seu pai, claro, Johannes pensa, sete filhos eles criaram, ele e Erna, e todos se deram muito bem na vida, todos eles, e a caçula vem visitá-lo quase todos os dias, quando vai às compras costuma dar uma passada na casa, e também telefona de vez em quando, é assim que é, Johannes pensa, ainda com o olhar fixo na casa do Peter, e por muitos anos eles costumavam cortar o cabelo um do outro, o Peter e o Johannes, eles faziam assim e economizavam um bom dinheiro e desse jeito os dois ainda tratavam de manter a aparência em dia, mas aí Peter morreu, foi muito triste a partida dele, Johannes pensa e agora ele precisa ir em frente, ele pensa, morro acima até chegar ao topo onde ele pode avistar a casa onde mora Signe, a casa onde Signe mora com o marido Leif e os três filhos, sim, a caçula Signe, ela foi a melhor ajuda que ele teve na velhice, e não surpreende que seja assim, porque Signe e Johannes pai como ela o chama sempre se deram muito bem, é como se conhecessem muito bem um ao outro, por algum motivo em especial, mas é que os outros filhos moram espalhados pela região, e Signe é a única que mora próximo o bastante para que eles possam se frequentar a pé, Johannes pensa, enquanto sobe o morro e pensa que tudo aparenta estar meio transformado, coisas e casas parecem diferentes, mais pesadas e mais leves, como se houvesse mais tanto da terra quanto do céu nas casas, é como se fosse isso, Johannes pensa, e chega ao alto do morro, na colina ao longe está a casa de Signe, aquela casinha branca bonita ali, ela se deu bem na vida, a Signe, tem casa e família, marido e filhos, e vive muito bem, Signe nunca teve problemas, Johannes pensa e que tal ir fazer uma visitinha a Signe? Porque o marido Leif já deve ter saído para trabalhar agora, com certeza, Johannes pensa e para e tira o relógio do bolso da calça e vê que o ponteiro já marca um quarto de hora, neste caso foi ele quem saiu de casa muito cedo, para quê sair tão cedo assim, é loucura, podendo dormir um pouco mais, mas sempre foi assim, ele sempre foi de acordar cedinho e antes costumava acordar mais cedo ainda, e então se recolhia bem cedo também, Johannes pensa, mas agora não tinha jeito, ele saiu de casa cedo demais, se tivesse esperado mais uma hora poderia dar uma passada na casa de Signe e tomar um cafezinho, bater um papo, mas cedo assim Signe ainda nem deve ter se levantado da cama, ou até já se levantou, o Leif, marido dela, vai trabalhar bem cedo, então é bem capaz de ela já estar de pé, mas os meninos ainda devem estar dormindo e Signe tem muito o que fazer pela manhã, então é melhor primeiro ele ir até a baía e dar uma olhada no barco, talvez até remar um pouco, porque o tempo agora até que não está tão ruim, Johannes pensa, mas logo o céu deve ficar todo encoberto novamente, a chuva e o vento não vão tardar, Johannes pensa e atravessa o descampado e agora é só dobrar a direita ali e então descer a caminho da baía para então avistar o barco e talvez remar um pouco, só uma voltinha margeando a costa, sem se aventurar mar adentro, sem enveredar tanto rumo ao poente, não, Johannes pensa e começa a descer pela estrada quase toda encoberta pelo mato que leva até a baía, onde seu próprio barquinho e o pesqueiro de ripas de madeira de Peter e o barco de Leif e várias outras embarcações estão atracados e ele para e olha na direção dos armazéns na orla da baía e repara que alguma coisa neles também está mudada e Johannes fica ali, fecha os olhos, o que está acontecendo? Por que tudo que ele vê está de alguma maneira transformado, agora mesmo ele está olhando para os armazéns da orla, até eles estão pesados e ao mesmo tempo estranhamente leves, mas o que é que está acontecendo com ele?, Johannes pensa, não, ele provavelmente nunca irá descobrir, Johannes pensa e pode ser que seja tudo só uma impressão, inclusive o fato de os armazéns da orla parecerem diferentes, de toda forma ele não consegue precisar se algo específico aconteceu, e se algo realmente mudou só pode ter sido dentro dele, mas será que algo também aconteceu aqui fora? Terá acontecido algo aqui no mundo, se não uma enormidade pelo menos alguma coisa grande o bastante para lhe dar essa sensação de que tudo agora está diferente? Mas ele continua sendo o mesmo de sempre, não é, ou será que não? Por acaso ele não sentiu essa leveza estranha no corpo quando acordou esta manhã? E não subiu a escada da edícula com tanta facilidade como se fosse uma criança? Mas a estrada que desce até os armazéns da orla é a mesma estrada encoberta pelo mato de sempre, e os rochedos ao redor são os mesmos de sempre, e a urze ao redor é a mesma, e em casa nesta manhã ele fez as mesmas coisas de sempre, enrolou o cigarro como costumava enrolar e preparou o café e comeu uma fatia de pão com queijo, tudo nesta manhã foi igual às manhãs anteriores, exceto que antes as coisas eram melhores, quando Erna estava viva, para não mencionar quando Peter estava vivo, agora as manhãs eram quase tristes, frio e úmido o interior da casa sempre foi, uma casa velha cheia de rachaduras e correntes de ar e o pão de hoje estava duro como nunca, mas ele não era de comprar pão antes de terminar de comer todo o pão que tinha em casa, não mesmo, nunca foi de estruir, de jeito nenhum, sempre viveu fazendo render o pouco dinheiro que tinha, de que outra forma Erna e ele teriam conseguido criar os sete filhos? Muito dinheiro ele não ganhava para sustentar a casa, por mais cedo que levantasse e por mais tarde que fosse dormir, até acontecia de a pesca ser boa e render algum dinheiro, mas sempre havia os dias de pouca captura, e eram frequentes, e então não tinham como se manter, e se o Steine da vendinha não fosse tão compreensivo e deixasse Erna comprar fiado, não sei não, e também se não se valessem do pescado que ele trazia para casa a comida teria faltado na mesa, pois um pouco de peixe para eles nunca faltava, fome eles não passavam, nem sede, porque água também havia e era grátis, e roupas, claro que as crianças precisavam estar bem-vestidas nesse frio, e também bem calçadas, embora as roupas nem sempre fossem muito bonitas, eram repassadas pelos mais velhos aos mais novos, com o passar do tempo eram abainhadas e cerzidas, e os sapatos também eram herdados, e o sapateiro Jakop os remendava e consertava por uma ninharia, ele era um bom homem e inabalável em sua fé, esse era, e vivia na sua crença e deixava os outros acreditarem no que queriam, o Deus em que ele acreditava havia muito tempo abandonara este mundo mesquinho, dizia o sapateiro Jakop, como alguém poderia acreditar que era mundo?, dizia o sapateiro Jakop, não, o Deus dele, assim como o Deus de todos os que tinham encontrado a verdade, não pertencia a este mundo, embora aqui Ele também estivesse, e havia também outros deuses, um outro deus, que aqui governava, dizia o sapateiro Jakop, e nisso ele bem que tinha razão, Johannes pensa, nisso ele concordava com o sapateiro Jakop, e ainda assim todo mundo dizia que o sapateiro Jakop era um incréu, mas que diferença isso faz?, Johannes pensa, homem correto e gentil, esse sapateiro Jakop, e quase não cobrava pelo trabalho que fazia, um bom homem, sim, esse era o sapateiro Jakop, que morava na casinha ali na curva, mas agora ele também já tinha nos deixado, não, mais um pouco e não vai haver mais ninguém da idade dele por aqui, Johannes pensa, seria muito bom parar para um dedinho de prosa com o sapateiro Jakop, ele sempre tão solícito, até um dinheirinho ele lhe pediu emprestado, porque era só um pouquinho, e essa quantia ele recebeu de volta, cada centavo, até os juros Johannes fez questão de pagar, mas o sapateiro Jakop não quis receber, o sapateiro Jakop não era um agiota e quis deixar isso bem claro, fincou pé e não quis receber nem um centavo a mais nem a menos do que tinha emprestado a Johannes, ele era um bom homem, o sapateiro Jakop, Johannes pensa, e, sim, eles se deram bem na vida e Johannes por sua vez não era de esbanjar, só gastava um tiquinho com tabaco, esse luxo ele se permitia, e então outro tantinho com café, porque não podia faltar café em casa e depois que começou a receber aposentadoria do governo nunca mais faltou nem café nem tabaco e nesta manhã o café estava bom, tanto hoje como em todas as manhãs anteriores, quer dizer que nesse aspecto tudo continuava como antes, e era verdade, mas ao mesmo tempo parecia ter mudado, ou será que não?, Johannes pensa ali parado olhando para o céu, mas até aquele céu é o mesmo, cinza nesta manhã como em todas as manhãs. Tudo é o mesmo de sempre, Johannes pensa. E ele é o mesmo velho de sempre, velho, sim, sem dúvida, mas forte e saudável, ele é, e nesta manhã ele se firmou sobre os dois pés como se fosse uma criança, mas será que agora não está sentindo uma certa dormência na mão? Como se a mão quisesse flutuar e adormecer? É mesmo, não é?, Johannes pensa e levanta o braço e o faz com dificuldade e mal consegue levantá-lo e então olha para os dedos longos e cansados e vê que as pontas dos dedos, bem em volta das unhas, estão começando a ficar arroxeadas

Mas o que é isso agora, diz Johannes

É muito estranho, ele diz

e tenta sacudir a mão e não adianta, e por que haveria de adiantar?, Johannes pensa e também o rosto não está um pouco dormente? Está sim, de fato, Johannes pensa, logo ele que a vida inteira foi saudável, então deve ser só mais uma impressão, ele tem mais é que dar uma volta de barco agora, tentar pescar como nos velhos tempos, é isso, não pode deixar essa isca que se recusou a afundar naquela ocasião impedi-lo de fazer isso, e se por acaso ele fisgar alguma coisa pode muito bem ir à cidade, atracar no cais e tentar vender o peixe, pois ele vai é fazer isso mesmo, Johannes pensa, mas ele não tinha decidido que não ia mais pescar? E agora nesta manhã como não tinha mais nada para fazer ele resolve sair de barco pelo mar? Mas o que lhe resta fazer, afinal? E por acaso não foi desse mesmo jeito ontem e anteontem? Não tem sido assim todas as manhãs? Ele não saía pelo mar todas as manhãs, ou quase todas, se o tempo não estivesse tão ruim? Claro que saía, era assim, e olhe que ele nunca foi de gostar tanto das manhãs, sempre fazia frio demais e a casa era úmida de manhã, e por mais que os dias em sua maioria fossem cinzentos e frios, nunca eram tão cinzentos e frios como nas manhãs, e as nuvens eram sempre mais pesadas no céu das manhãs, sim, isso ele podia afirmar com certeza, embora seja óbvio que o céu também possa amanhecer claro e aberto, de um azul profundo, podia muito bem ser que a luz no céu fosse límpida de manhãzinha cedo, podia muito bem ser, mas não era essa a impressão que ele tinha, muitas vezes ele se pegava pensando por que tinha a impressão de que as manhãs sempre pareciam cinzentas e frias, estivesse o céu claro ou encoberto, sim, empretecido até, e fizesse ou não um frio de rachar. Ele nunca gostou das manhãs, durante todos esses anos ele tanto desgostava delas que a primeira coisa que fazia ao acordar era vomitar, ele sentia essa pressão na boca do estômago e era algo querendo encontrar seu caminho para fora e ele sentia engulhos, na maioria das vezes era apenas ar e um pouco de muco, mas acontecia às vezes de vomitar de verdade, no vaso sanitário, e ele já nem se lembrava mais quando começou isso de despertar, levantar, vomitar. Mas também acontecia de ele se sentir melhor depois de vomitar. Era um alívio. E aí o dia começava, mas hoje ele não vomitou como vinha fazendo todas as manhãs desde que Erna morreu. Então havia, sim, algo de diferente esta manhã. E ele comeu mesmo alguma coisa no café da manhã? Ou terá sido só coisa de sua imaginação? Engoliu ou não uma fatia de pão com queijo e tomou uma caneca de café? Provavelmente sim, ele comeu a fatia e bebeu o café e até fumou vários cigarros, Johannes pensa, deve ter sido assim, Johannes pensa enquanto caminha pela estrada encoberta pelo mato na direção da baía. E agora ele vai dar uma volta pelo mar, e como hoje o mar está bastante sereno ele para e admira o mar, protege a vista com a mão, talvez hoje possa até se aventurar um pouco rumo ao poente? Mas não seria simplesmente uma insanidade se arriscar a bordo de um barquinho a remo assim, poderia acontecer uma tragédia como sucedeu antes ao seu pesqueiro, que uma noite foi tragado por uma tempestade e arremessado contra os rochedos e afundou carregado de redes, linhas e outros equipamentos de pesca, foi um prejuízo enorme, Johannes pensa, mas num tempo assim como o de hoje ele pode ir remando rumo ao poente sem problemas, Johannes pensa enquanto desce a estrada em direção à baía e lá está ele, não é Peter quem está parado ali na praia? Claro que é o Peter, então ele vai dar um alô para Peter, provavelmente Peter veio conferir as armadilhas que armou para pegar caranguejos, Johannes pensa

Mas você por aqui de novo, Peter, grita Johannes

e Peter se vira para ele com os olhos semicerrados

Mas olhe só quem está por aqui, diz Peter

Veio ver se pegou algum caranguejo, diz Johannes

É preciso, diz Peter

Pegou alguma coisa ontem?, diz Johannes

Ontem foi uma grandeza, diz Peter

Grandeza?, diz Johannes

Sim, você deveria ter vindo aqui ontem, Johannes, diz Peter

Deveria ter vindo ver, diz ele

Nunca peguei tantos caranguejos como ontem, diz ele

Carnudos que só, diz ele

E vendi todos, não sobrou um, diz ele

e Peter bate o punho cerrado no bolso do peito do macacão

Hoje quero ver se fisgo um linguado, diz Johannes

Já estendeu a rede?, diz Peter

Não, vou de linha e anzol hoje, diz Johannes

Pois muito bem, diz Peter

Vou tentar assim, diz Johannes

Você e suas manias, Johannes, diz Peter

e Johannes de repente estaca e olha na direção da praia, para o mesmo local onde Peter estava com seu macacão velho e puído, e Johannes caminha apressado até lá e sente até o cheiro do cachimbo que Peter estava fumando, mas onde está o Peter?, Johannes pensa e inspira e sente o cheiro da maresia e o cheiro do cachimbo do Peter e ele acabou de falar com Peter e então como sempre Peter disse que apanhou um monte de caranguejos ontem, e com isso ganhou algum dinheiro, e não era para Johannes vir com ele, mas e agora? Que fim levou o Peter? Para onde esse homem foi?, Johannes pensa e não compreende o que se passa, mas afinal não era Peter quem estava ali na praia, mais ou menos no mesmo lugar onde Johannes estava, ele mesmo não disse que ontem pegou um montão de caranguejos e eles estavam carnudos e agora Peter não está mais aqui e o barco dele também sumiu, Johannes não consegue mais ver o pesqueiro do Peter, não está em lugar nenhum, mas Peter estava aqui agora mesmo, eles conversaram, ele precisa ir até o cais e ver se consegue encontrar pelo menos as amarras do pesqueiro do Peter, mas e a boia, a boia que ele costuma amarrar na lateral do barco, também sumiu?

O que está acontecendo afinal? Chega a dar calafrios isso, Johannes pensa, será que a conversa com Peter não passou de coisa que ele imaginou? Não pode ter sido, ou ele acabou de falar com Peter ou então não se chama Johannes. Não há mais nada a dizer sobre esse assunto, Johannes pensa. Peter e ele estavam conversando agora mesmo, Johannes pensa. Mas o que está acontecendo? Tudo é como se tivesse mudado e ao mesmo tempo é o mesmo de sempre, tudo está como antes e é diferente, Johannes pensa. Mas que fim levou Peter? Será que Peter está tentando lhe pregar uma peça? Qual a precisão disso? Não, melhor ele se recompor e chamar pelo Peter, mas será que ele, um velhote como ele, deveria ficar aqui gritando pelo Peter? Não, mas onde Peter se meteu?

Peter, Peter, grita Johannes

e olha na direção do mar

Peter, ele chama novamente o nome

e então Johannes ouve uma voz que diz que ele precisa se decidir logo e é a voz de Peter, mas o que diabos ele quer dizer com isso? Não, Johannes não está entendendo nada, rigorosamente nada, ele pensa e então se vira e lá na beira da praia está Peter, exatamente no mesmo lugar, como se nada tivesse acontecido, e Johannes agora pensa que Peter o está fazendo de bobo e agora chegou a hora de ele ir à forra e Johannes desce até a praia e vê Peter ali olhando para o poente e Johannes pensa no que fazer, de alguma maneira ele tem que fazer Peter voltar a si, um homem idoso parado ali onde está apenas olhando para o mar do poente, talvez até apanhe um seixo e arremesse na direção do Peter? É o que ele se dispõe a fazer, Johannes pensa, e cuidadosamente se agacha, para que Peter não perceba o que ele está fazendo, e encontra um seixo bem pequeno e com o mesmo cuidado se levanta, ergue o seixo acima da cabeça e o arremessa, o seixinho descreve um arco perfeito no ar e acerta em cheio as costas de Peter mas como é que pode, não é possível uma coisa dessas, o seixo passou direto pelo Peter e ricocheteou numa rocha no chão e depois mergulhou no mar, não é possível, como pode uma coisa dessas?, Johannes pensa e esfrega os olhos e então sente algo que não sabe se é raiva ou se é medo e pega um seixo ainda maior e o ergue sobre a cabeça e com bem mais força o arremessa nas costas do Peter e o seixo vai, não é possível, e atravessa as costas do Peter e avança sobre o mar e afunda na água espalhando respingos ao redor. Não é possível, Johannes pensa. Não pode ser.

Ei Peter, diz Johannes

Ei Peter, está tudo bem com você, ei Peter, diz ele

e Johannes se dá conta de que parece inútil falar assim e Peter se vira para Johannes e então vem andando em sua direção

Está tudo bem, diz Peter

O mesmo de sempre, diz ele

Tudo meio parado, mas comigo nunca foi de muito movimento, ele diz

e Peter se senta numa pedra ao lado de onde Johannes está e então se põe a olhar para o mar do poente e então tira seu cachimbo do bolso do peito do macacão e pega uma caixa de fósforos e acende o cachimbo e Johannes sente o cheiro pungente do tabaco misturado à maresia e Johannes pensa em enrolar um cigarro e tira o pacote de tabaco do bolso da jaqueta

Sentiu vontade de fumar um cigarrinho também, não foi, Johannes, diz Peter

e então Johannes começa a enrolar um cigarro

É o jeito, diz Johannes

Uma pausa para um fuminho, diz Peter

Isso mesmo, diz Johannes

e ele apalpa o bolso e como não consegue encontrar os fósforos então é melhor pedir emprestado os do Peter

Ei, Peter, acho que esqueci o fósforo, me empreste o seu por favor, diz ele

Claro, diz Peter

e então Peter pega sua caixa de fósforos e a entrega para Johannes e então Johannes acende seu cigarro e então eles se sentam um ao lado do outro, o Johannes e o Peter, e fumam contemplando o mar do poente e Johannes pensa que foi muito estranho aqueles dois seixos que arremessou, eles atravessaram o corpo de Peter, não é possível, deve ter sido só uma visagem pura e simples porque coisas assim não acontecem, Johannes pensa e então pensa que talvez ele possa pedir licença para tocar em Peter, mas não pode fazer isso, o que Peter irá pensar dele, Johannes pensa, era só o que faltava, perguntar a Peter se pode tocar nele? Não, tudo tem um limite, Johannes pensa, e então ele pensa que pode só roçar a mão no ombro de Peter, ao menos isso ele pode se permitir, Johannes pensa

É que vou precisar cortar o cabelo de novo, diz Peter

Tem razão, diz Johannes

e então ele repara que o cabelo de Peter está comprido e grisalho, agora cai até a altura dos ombros, está ralo e desgrenhado, oh não, Peter, que cabelo mais comprido esse, Johannes pensa, faz muito tempo que ele não vai em casa cortar o cabelo de Peter

Já economizamos um bom dinheiro cortando o cabelo um do outro, diz Peter

Nem me fale, diz Johannes

Mas você está mesmo precisando de um corte, diz Johannes

Seu cabelo encompridou muito, está na altura dos ombros agora, diz ele

Verdade, diz Peter

Pois eu vou na sua casa cortar seu cabelo, diz Johannes

Pode vir, diz Peter

e Johannes vê que Peter tira da boca o velho cachimbo

Já faz muitos anos que cortamos o cabelo um do outro, diz Johannes

Estou aqui pensando, diz Johannes, e faz muito tempo

Provavelmente uns quarenta anos, diz Peter

É mais, acho que já está chegando perto dos cinquenta, diz Johannes

e ele olha para Peter com aquele cabelo comprido, nunca o cabelo de Peter esteve tão grisalho e tão comprido, já está na altura dos ombros e cobrindo toda a nuca e Peter sempre usava o cabelo penteado para trás, Johannes pensa, sempre penteava para trás, Johannes pensa e agora o cabelo encompridou até a altura dos ombros, não, Peter precisa cortar esse cabelo logo, Johannes pensa

Estou vendo que você está precisado de um corte, diz Johannes

Seu cabelo já está na altura dos ombros, diz ele

Faz muito tempo desde a última vez que cortei, diz ele

Pois então eu vou até a sua casa cortar seu cabelo, diz Johannes

Pode ser, vamos fazer assim, diz Peter

Que tal se eu der uma passadinha lá hoje à tarde, diz Johannes

Está muito bem, diz Peter

Mas primeiro tenho que dar uma olhada nas armadilhas, diz ele

É mesmo, diz Johannes

Não posso deixar de fazer isso, diz Peter

Você até que tem pescado bastante coisa, diz Johannes

Sim, o apurado da pesca tem sido muito bom, diz Peter

Não me lembro de ter capturado tantos caranguejos assim, diz ele

Caranguejos demais, e carnudos, diz ele

É mesmo, diz Johannes

E tenho vendido bastante também, diz Peter

Mal chego no cais e lá estão os fregueses, a comadre Pettersen sempre é a mais ansiosa, diz ele

e Peter sorri olhando para Johannes, como se quisesse lembrá-lo de algo e Johannes se assusta e encara Peter com os olhos arregalados

A comadre Pettersen, diz Johannes

É, ela vem todos os dias, assim que atraco no cais lá está ela, diz Peter

Mas você só pode estar de brincadeira, diz Johannes

De brincadeira? Eu?, diz Peter

De jeito nenhum!, diz ele

A velha comadre Pettersen, sim, a velha comadre Pettersen ela mesma, diz ele

e Peter faz uma longa pausa e depois olha novamente para Johannes

Dela você se lembra, tenho certeza de que se lembra, diz Peter

Claro que eu me lembro, diz Johannes

e Johannes olha para o chão diante de si e pensa que precisa dizer algo a respeito, não pode simplesmente deixar Peter ali falando da velha comadre Pettersen e dos caranguejos que ela compra, seria um vexame muito grande, porque a velha comadre Pettersen morreu ano passado, ou terá sido ano retrasado, a questão é que ela está morta

Pois bem, preciso trabalhar, diz Peter

e se levanta. Johannes fica sentado observando Peter, que para e se volta para Johannes

Tem falado com o sapateiro Jakop por esses dias?, diz Peter

Não, já faz um tempo que não nos falamos, diz Johannes

Pensei em ir até a casa dele hoje à noite, diz Peter

Você tem algo para ele fazer, diz Johannes

Tenho, diz Peter

e ergue um pé e mostra o solado da bota

Tem um rasgão aqui deste lado, diz ele

e Peter aponta para um furo na bota

Ele vai arrumar isso num piscar de olhos, o sapateiro Jakop, diz Johannes

Não tenha dúvida disso, diz Peter

O sapateiro Jakop é boa pessoa, diz ele

Se é, ótima pessoa, diz Johannes

Por acaso não quer vir comigo, não têm pressa essas redes que você largou aí, diz Peter

É, pode ser, diz Johannes

e pensa que Peter deve ter achado que ele iria recolher as redes, mas ele não vai, nem sequer mencionou nada a respeito, Johannes pensa

Pois então venha, primeiro vamos cuidar das armadilhas, depois vamos até a cidade e atracamos no cais, diz Peter

Pode ser, diz Johannes

E então você vai poder reencontrar a velha comadre Pettersen, diz Peter

e Johannes percebe um quê de malícia naquele olhar de Peter e Johannes acha que agora Peter foi longe demais, ela morreu há pelo menos um ano, a velha comadre Pettersen, e falar dela como se ainda viva fosse não é coisa que se faça, Johannes pensa e se levanta

Pois venha então, diz Peter

Eu vou, diz Johannes

e então os dois vão até a beira-mar e Johannes percebe que Peter mal consegue se manter em pé, ele caminha com passos curtos cambaleando de um lado para o outro, o tempo inteiro como se fosse cair, e como Peter emagreceu, e como o cabelo dele está grisalho e comprido, tem que ser cortado imediatamente, Johannes pensa e eles vão até o cais e Peter começa a desamarrar a corda do seu pesqueiro e Johannes pensa que é perigoso navegar com uma maré tão forte como a de hoje, Johannes pensa, logo ele pensando assim, um pescador experiente com tantos anos de mar, não, o que está acontecendo com ele, hoje não é como os outros dias, hoje é um dia único, hoje as coisas não são como costumam ser, Johannes pensa e então toma um susto, porque agora é Peter quem está ali diante dele, vivinho como nunca, mas Peter já não morreu? Peter morreu há muito tempo, foi ou não foi? Mas não é Peter quem está ali desamarrando seu barco? Sim, é isso que Johannes vê com os próprios olhos, então Peter está vivo, não há por que duvidar disso, mas como ele pôde pensar que Peter estava morto?, Johannes pensa e balança a cabeça e pensa que deveria perguntar a Peter se ele está morto ou vivo, mas isso ele não pode fazer, não se pode perguntar essas coisas, tudo tem um limite, Johannes pensa, não, perguntar a alguém uma coisa dessas não tem cabimento, Johannes pensa e não compreende como pôde pensar que Peter estaria morto, porque não é ele quem está vivo e ativo bem ali diante dele? Claro que está, é o Peter, Johannes pensa e vê Peter subir a bordo do pesqueiro

Pode vir, diz Peter

Já vou, diz Johannes

e Johannes apoia um pé na amurada do barco, rígido e desequilibrado

Olhe só como você está velho, diz Peter

Olhe como você está, Johannes, que coisa, Johannes, diz Peter

Pois é, diz Johannes

e agora ele que não vá cair no mar, Johannes pensa, era só o que faltava, só uma vez ele caiu no mar, disso ele se lembra, Johannes pensa

Não invente de cair agora, que você não sabe nadar, diz Peter

e naquela ocasião foi por muito pouco, Johannes pensa, quase não conseguiram levá-lo a bordo com vida

Eu já lhe tirei do mar antes, diz Peter

no último segundo, exausto e quase congelando

Naquela vez você não morreu por um triz, diz Peter

e Johannes não se recorda exatamente como tudo aconteceu, ele certamente se lembra de que mergulhou no mar e de que estava escuro e do gelo que havia por toda parte, é óbvio que disso ele se lembra, ele segurava uma linha e seus dedos estavam rígidos, ele mal conseguia dobrá-los, suas luvas estavam encharcadas pela água congelante, e então a linha, a maldita linha, ficou presa em algum lugar lá no fundo e ele teve que puxá-la com força, com toda a força que tinha, e ele se inclinou para trás e deu um tranco e a linha como se quisesse lhe pregar uma peça se soltou de onde estava presa e ele se desequilibrou e caiu de costas no mar congelante, não, não, melhor nem pensar nisso, em cair de costas no mar congelante, na escuridão mais profunda, em meio aos pedaços de gelo flutuando e ao vento que uivava, não, foi uma coisa terrível

Não pense nisso, diz Peter

Não, diz Johannes

Foi realmente horrível, diz Peter

Foi, sim, diz Johannes

e ele pensa que assim que caiu no mar pensou na Erna e nos filhos, em cada um deles, como iriam se manter na vida agora? Agora que ele estava no fundo do mar e dali provavelmente não sairia, foi o que ele pensou, Johannes pensa, mas felizmente naquela vez ele não estava sozinho no barco, pois por alguma razão que ele não consegue mais se lembrar Peter lhe fazia companhia a bordo, nas outras vezes ele sempre ia ao mar sozinho, mas naquela vez Peter estava lá e o fisgou pela capa de chuva, usando o croque, não foi, como se ele fosse um peixe Peter o fisgou com o croque e caso alguém duvide dessa história Johannes pode provar que foi verdade o que aconteceu, porque ele ainda carrega no ombro a cicatriz, bem visível é a tal cicatriz, Johannes pensa

Como é que pode, eu fisgar você como se fosse um peixe, diz Peter

Foi o jeito, diz Johannes

E se você não tivesse um croque a bordo não sei o que seria, diz Peter

Mas por que você estava comigo naquela vez?, diz Johannes

Você não lembra?, diz Peter

Não, diz Johannes

Nós tínhamos combinado, não lembra?, diz Peter

e Johannes puxa pela memória e pensa se não foi mesmo assim que aconteceu, que ele era dado a esses rompantes, que ele e Peter costumavam ir à cidade beber, porque era exatamente assim que faziam, terminavam de recolher as redes e vender o pescado e então iam até o bar do porto entornar umas boas canecas de cerveja para aquecer o corpo e a alma enquanto em casa Erna e os filhos mal tinham o que vestir e o que comer, mas tudo isso teve um fim repentino quando ele quase se afogou e precisou ser içado do fundo do mar, Johannes pensa

Pois é, foi quando a bebedeira de sempre chegou ao fim, diz Peter

Foi mesmo, diz Johannes

Mas suba a bordo agora, homem, diz Peter

Já vou, diz Johannes

Não fique aí parado, suba a bordo, diz Peter

Já estou indo, diz Johannes

Quer uma ajuda?, diz Peter

Quero, sim, talvez, diz Johannes

Nossa, como você está velho, diz Peter

e Johannes levanta o pé e Peter o agarra pela perna e passa o pé sobre a amurada, e Johannes fica ali, com um pé no cais e outro no barco

Você está muito fora de forma, diz Peter

e então Peter segura Johannes pelo braço

Nunca imaginei ver você tão velho e alquebrado, diz Peter

e enquanto Peter o segura pelo braço Johannes passa o outro pé sobre a amurada do pesqueiro de Peter e Johannes pensa que qualquer passo em falso agora é o mesmo que um mergulho no mar, mas tanto faz agora, que importância teria, depois que Erna morreu e os filhos há muito tempo são adultos, se for para ele virar comida de caranguejo, tudo bem, Johannes pensa, e então firma os dois pés no convés do barco

Nunca vi coisa igual, diz Peter

Como você foi se transformar nisso, Johannes, diz ele

Isso é terrível, diz ele

Como você envelheceu, Johannes, diz Peter

É inacreditável, aquele homem tão forte, quando novo

você era o mais forte da turma, ninguém nem se atrevia a discutir com você, de jeito nenhum, diz ele

Não foram poucos os que tomaram uma surra memorável de você, diz ele

Ah, diz ele

Agora se prepare, diz ele

e Peter dá um tapinha nas costas de Johannes

Segure firme

Vamos lá, diz ele

e Johannes fica ali apenas balançando a cabeça sem pensar em nada, apenas fica ali, respira fundo e então é Peter quem agora balança a cabeça

Não, envelhecer é terrível, diz Johannes por fim

E como, diz Peter

e Peter vai e aciona o motor e se ouve um estrondo seguido de um solavanco e uma fumaça densa e depois mais um barulho que ecoa e então Peter vai até a popa e solta as amarras e põe o motor em reverso e lentamente sai pela baía e Johannes fica parado admirando as colinas e os morros e os rochedos e as construções lá longe, o cais e seu próprio barco que continua amarrado a uma boia no ancoradouro, e ele olha para os armazéns na orla e mais além na estrada avista as casas e é inundado de amores por tudo isso, até pela urze no chão, por tudo em volta, tudo isto que ele conhece, tudo isto é seu próprio lugar no mundo, lhe pertence, tudo, os morros, as casas, os seixos na praia, e então ele pressente que jamais voltará a ter essa visão novamente, mas ela permanecerá impregnada em si, no barro de que é feito, como um som, sim, quase como um som ressoando em seu íntimo, Johannes pensa, e leva as mãos aos olhos e esfrega os olhos e vê que tudo resplandece, desde o céu ao fundo até todas as paredes das casas, todas as rochas, todos os barcos reluzem para ele, e agora ele já não entende mais nada, pois hoje nada é mais como era, alguma coisa deve ter acontecido, mas o que poderia ser?, Johannes pensa e não consegue chegar a uma conclusão, porque tudo é igual, a única diferença é que ele não saiu a bordo do próprio barco, em vez disso encontrou Peter e agora vai com Peter recolher as armadilhas de caranguejo dele e isso já aconteceu antes, claro que sim, especialmente depois que ele se aposentou e não precisava mais viver da pescaria e só continuava pescando para passar o tempo, é claro que ele já esteve com Peter antes para recolher as armadilhas de caranguejo dele, Johannes pensa, mas por que o que ele vê diante dos olhos hoje parece tão estranho e nítido nesta manhã cinzenta? Não, isso ele não consegue entender, Johannes pensa

Não fique só aí de pé olhando, diz Peter

Se abanque, diz ele

Melhor eu fazer isso mesmo, diz Johannes

e ele vai e se acomoda ao lado de Peter, que está ali sentado de leme nas mãos e cenho franzido

Agora vamos ver, diz Peter

Acho que hoje não vão faltar caranguejos para a velha comadre Pettersen, diz ele

Mas, diz Johannes

O quê, diz Peter

Não vamos pescar de anzol hoje, pergunta Johannes

Ali por Storegrunna?, diz Peter

Vamos passar por lá, diz Johannes

Então podemos, diz Peter

Pois vamos, diz ele

e Peter acerta o curso, para o mar aberto, rumo ao poente, onde mar e céu se fundem, lá no horizonte, e diante deles é só o céu e o mar, a paisagem só é cortada pelos penedos de Storeskjer e Vesleskjer, o maior e o menor, onde se aninham algumas gaivotas, e Johannes vê uma gaivota alçar voo e desaparecer no céu embalada pelo vento, mas que coisa, ele pensa, tudo isso, tantas vezes ele viu, tantas vezes se deparou com esse cenário a caminho de Storegrunna, vencendo as ondas, a caminho do local em que ele tanto costumava pescar

Veja ali uns anzóis, diz Peter

e aponta para uma caixa com apetrechos de pesca e Johannes se levanta e vai até a caixa, pega duas linhas, cada uma com uma enorme isca de metal, e então volta a se sentar ao lado de Peter, que continua de cenho franzido e olhar perdido no tempo, então Peter muda o curso e desacelera o barco

Vamos nos orientando pelos marcos da paisagem, ele diz

e então avança lentamente

O penedo maior vai encobrir o menor e estaremos alinhados com a igreja, diz Johannes

Aqui já deu, diz Peter

e Johannes diz que agora eles estão bem alinhados com a igreja e então é só avançar mais um pouco mar adentro

Vamos mais para o fundo, diz Johannes

Sim, estou fazendo isso, diz Peter

e o pesqueiro do Peter se afasta um pouco mais do litoral e então eles chegam ao ponto exato, estão exatamente no local, e Johannes pega a linha e arremessa a enorme isca brilhante e dá mais linha e dá mais linha, mas repare só, ele não sente a tração, tudo parece tão leve em sua mão, será que a isca se desprendeu?, Johannes pensa e se debruça sobre a amurada

Aconteceu alguma coisa?, diz Peter

e lá embaixo, cerca de um metro sob a superfície, lá está a isca, em pleno mar límpido, completamente imóvel, e não se vê nada sob a isca, ela apenas permanece ali parada, sem se mover, e a linha flutua na água, o que pode estar acontecendo?, Johannes pensa, não, isso não pode ser, ele pensa, será que a isca ficou presa num obstáculo abaixo do barco, se não há nada para ver ali? Só o mar límpido e a isca empacada lá embaixo, não é possível, ele não consegue entender, Johannes pensa, e leva as mãos aos olhos, esfrega os olhos e de novo só enxerga a isca cerca de um metro sob a água, não pode ser, ela deve ter batido em algo, Johannes pensa, mas como se não consegue ver nada? Não, isso ele não vai nem dizer a Peter

Você também não vai pescar, diz Johannes e ele vê que Peter balança a cabeça

Tente você primeiro, diz Peter

Se tiver peixe aqui eu também lanço a minha linha, diz ele

e Johannes pensa que precisa descobrir o que acontece, precisa descobrir qual a razão para a isca grande e brilhante não afundar, ela só pode ter esbarrado em algo

Pode me passar o croque, diz Johannes

e Peter lhe entrega o croque e Johannes empurra o croque ao lado da isca que continua imóvel no mar e a ponta do croque afunda pelo menos um metro além da isca, que é isso, agora eu estou com medo, Johannes pensa

O que você está fazendo?, diz Peter

Nada, diz Johannes

e ele recolhe o croque a bordo e o entrega a Peter que o guarda de volta no lugar e Johannes pensa que é melhor então recolher a linha e tentar novamente e ele começa a recolher a linha

Você já está puxando a linha, pergunta Peter

Sim, acho que ela ficou presa em algum lugar

Presa, diz Peter

e Johannes recolhe a linha, a enrola no convés e a isca vem junto, então Johannes arremessa a isca exatamente no mesmo local de antes e cerca de um metro sob a superfície a isca torna a empacar, ele a repuxa um pouco e novamente dá linha e a isca estaca no mesmo lugar

Como é que pode, diz Johannes

O que foi?, diz Peter

e Johannes não responde, apenas volta a recolher a linha e então vai para o outro lado do barco e a joga no mar mais uma vez, e cerca de um metro abaixo d'água, no mar translúcido, a isca para e não quer mais descer

Não estou entendendo mais nada, diz Johannes

O que foi?, diz Peter

e Johannes volta a recolher a linha e fica segurando a isca

Você tem que dar mais linha, não sabe, diz Peter

Sim, sim, diz Johannes

Mas será que não podemos nos afastar um pouco daqui, diz Johannes

Podemos, claro, diz Peter

e ele acelera o motor do pesqueiro e eles se distanciam de onde estavam

Aqui na parte mais rasa costuma ter peixe, diz Peter

Pode lançar o anzol aqui, tente, diz ele

e Johannes deixa o anzol cair na água de novo, e de novo acontece a mesma coisa, cerca de um metro sob o barco, na água cristalina, a isca para e Johannes volta a recolher a linha

O que está acontecendo com você?, diz Peter

e Johannes vai para o outro lado e lança a linha e a isca para, fica ali, imóvel, cerca de um metro abaixo do barco.

Como é que pode, Johannes pensa, uma coisa dessas, ele pensa, e volta a recolher a linha e começa a enrolá-la no carretel

Você não vai mais querer pescar então, diz Peter

Não, diz Johannes

Está bem então, diz Peter

e Johannes pensa que não tem como dizer a Peter que a isca não quer afundar no mar, que se detém um metro abaixo d'água e dali não passa mesmo que nada a esteja impedindo

Sua isca não quer afundar?, diz Peter

Não, diz Johannes

e ele balança a cabeça

Isso não é um bom sinal, diz Peter

e Johannes ergue o rosto e vê que os olhos de Peter estão marejados

Não é bom, diz Peter

Não é nada bom ouvir isso, diz ele

O mar não quer mais você, diz ele

e Peter enxuga as lágrimas

Só quem quer você agora é a terra, diz Peter

e Johannes pensa que conversa é essa, e agora eles têm mesmo é que cortar esse cabelo comprido de Peter, tão grisalho e ralo que está, e como ele está franzino também, parece até que está doente

Então o mar não quer mais você, diz Peter

Pelo jeito não, diz Johannes

Mas o que isso quer dizer?, pergunta ele

e ele vê que Peter balança a cabeça e então o pesqueiro segue em direção ao litoral e à praia diante do cemitério

Deixei várias armadilhas margeando a praia do cemitério, diz Peter

É mesmo, diz Johannes

Tem muito caranguejo ali e eles são carnudos, diz ele

É, tem um monte de caranguejo ali, diz Peter

e o pesqueiro de Peter, com suas ripas de madeira pintadas de preto e branco, lentamente se aproxima da praia na costa do cemitério e lá Johannes pode avistar as boias de cortiça de Peter, todas pintadinhas de branco, estendidas ao longo da orla

Agora vamos ver se pegamos ou não esses caranguejos, diz Johannes

Pegamos sim, diz Peter

Mas como vão as coisas com a Erna?, diz Peter

Vão bem, obrigado, diz Johannes

E com a Marta, ele pergunta

Vão bem, tudo na mesma, diz Peter

O pesqueiro de Peter está atracado ao cais da cidade e Peter se senta na beira do cais e Johannes acha que Peter está tão franzino, como se estivesse a ponto de se desfazer inteiro a qualquer momento, e de toda a gente que deveria aparecer para comprar caranguejos não veio ninguém, nem um só freguês, embora os dois já estivessem pelo cais havia horas, além do mais não há vivalma ao redor, ele não se lembra de já ter visto a cidade assim tão deserta, Johannes pensa, sim, alguns barcos até estão atracados no cais, mas eles parecem abandonados, e quando Peter foi à rua principal ele também não cruzou com ninguém por lá, ele disse, e ainda mais estranho era o fato de que as lojas tampouco estavam abertas, ou será que Peter viu algo e não quis contar, Johannes pensa, mas o que poderia ser afinal?, Johannes pensa sentado na popa do barco segurando uma sacola de plástico cheia de caranguejos que Peter separou para a velha comadre Pettersen, ele escolheu os melhores caranguejos para ela, porque ela está a caminho, e que disso Johannes não tivesse dúvida, disse Peter, e era assim que ele sempre fazia, ele separava os melhores caranguejos, os mais carnudos, para a velha comadre Pettersen, foi assim durante anos, disse Peter, mas quanto tempo mais eles teriam que ficar ali esperando?,

Johannes pensa, o barco está abarrotado de caranguejos, eles rastejam para todo lado, tão boa que foi a pescaria hoje, mas agora eles teriam que se livrar daqueles caranguejos, os bichos estavam infestando o convés inteiro, e até agora não apareceu um único freguês, e durante horas eles ficaram atracados no cais, quanto tempo mais deveriam ficar aqui? Haveriam de ficar aqui sem fazer nada, por horas e mais horas? Em algum momento teriam que dizer que agora basta, Johannes pensa, e aliás já estava pensando nisso havia muito tempo, mas entre pensar e dizer isso a Peter, ah, ia uma longa distância, mas agora ele sentia que precisava dizer algo

Nada de fregueses ainda, diz Johannes

É mesmo, diz Peter

Por que ninguém vem?, diz Johannes

Por que será, diz Peter

e imediatamente Johannes tem a sensação de que Peter está escondendo alguma coisa

Nem mesmo a velha comadre Pettersen deu o ar da graça, diz Johannes

Ela deve estar a caminho, diz Peter

e então Peter se levanta e fica na beira do cais e levanta o braço direito e Johannes vê que ele mal dá conta de levantar o braço, e Peter protege os olhos do sol com a mão

Acho que lá vem ela, diz Peter

Não diga, diz Johannes

e ele se levanta e vê uma jovem atravessando o cais e Johannes pensa que agora Peter tem que parar com isso, porque aquela ali não é a velha comadre Pettersen

É a Anna quem está vindo, diz Peter

e Johannes sobe no cais e se sente leve e revigorado, exatamente como hoje pela manhã, quando acordou bem-

-disposto e subiu as escadas da edícula como se fosse um jovem, tão leve e revigorado que se sentiu, e olha para o outro lado do cais e não é mesmo Anna Pettersen quem vem lá, e agora, o que vai dizer a ela agora? Perguntar por que ela não respondeu à carta que ele lhe enviou, isso não, é muito constrangedor, tanto para ele como para ela, mas talvez ele possa perguntar se ela não o acompanharia num café? E se gostaria de alguns caranguejos, claro que ela pode pegá-los de graça, talvez isso também convenha perguntar? Sim, mas ter lhe enviado aquela carta foi um vexame, Johannes pensa, mas não é mesmo Anna Pettersen quem vem andando, como está linda e elegante, e o chapéu que usa ficou tão bem sobre o cabelo louro e avolumado dela e o vestido lhe cai tão delicado naquele corpo macio, uma visão e tanto

Se essa aí não for linda de admirar não sei quem mais poderia ser, diz Peter

É mesmo linda, diz Johannes

por acaso ele não contou a Peter sobre a carta que escreveu para ela, contou ou não?, Johannes pensa, melhor então nem mencionar nada, Johannes pensa

Que mulher mais linda, diz Peter

Ela trabalha na casa dos Aslaksen, do Aslaksen dono da fábrica, diz Peter

É verdade, diz Johannes

E deve ter vindo de Dynja para cá, diz Peter

Ela veio, diz Johannes

E conseguir emprego numa boa casa, isso ela conseguiu, diz Johannes

Deve ter vindo comprar caranguejos para os Aslaksen, diz Peter

Pode muito bem ser, diz Johannes

Tenho certeza de que foi, diz Peter

e Johannes vê que Anna Pettersen está se aproximando, e ela para no cais diante de Peter e agora é preciso que ele diga alguma coisa, Johannes pensa, por mais que seja constrangedor é preciso que algo seja dito, ele pensa

Bom dia, Anna Pettersen, diz Peter

Bom dia bom dia, diz ela

Muito bom dia, diz Johannes

Veio comprar caranguejo para o patrão hoje?, diz Peter

Não, hoje estou de folga, é domingo, diz Anna Pettersen

Sim, é domingo hoje, diz Peter

Quem sabe você não quer uma companhia no seu passeio, diz Peter

Sim, podemos lhe fazer companhia no seu passeio, diz Johannes

Estou indo para casa, mas vocês podem me acompanhar até lá, diz Anna Pettersen

Iremos com prazer, diz Johannes

e então Johannes vai pelo cais e ao lado dele caminha Anna Pettersen e alguns metros atrás deles caminha Peter e Johannes pensa que algo deve ser dito agora, agora ele terá que conversar com ela com toda a educação sem mencionar uma só palavra sobre a tal carta

A propósito, preciso lhe agradecer pela carta, diz Anna Pettersen

É mesmo, diz Johannes

Foi uma carta muito delicada, e a sua caligrafia é muito bonita, e você sabe expressar seus sentimentos em palavras, diz Anna Pettersen

Sim, quer dizer, quanto a isso eu já não sei, diz Johannes

É verdade, sim, diz Anna Pettersen

e ela então passa o braço em volta do braço de Johannes e veja só que cena, Johannes caminhando de braços dados com a própria Anna Pettersen, isso Peter tem que ver, Johannes pensa, e ele se vira e não vê Peter em lugar nenhum, ele só pode estar se roendo de ciúmes, essa foi demais para Peter, Johannes pensa, melhor assim então, Johannes pensa, porque seria bem menos charmoso passear de braços dados com Anna Pettersen, empregada dos Aslaksen, num dia tão lindo de verão como hoje, tendo Peter como uma espécie de vigia atrás deles alguns passos, mas agora é Johannes, ninguém mais, quem vai de braços dados com Anna Pettersen pelo cais daqui de Hunstad

Está um dia bonito, diz Johannes

Sim, um lindo dia de verão, diz Anna Pettersen

E você está de folga, diz Johannes

Sim, hoje é meu dia de folga, diz Anna Pettersen

Foi muito bom encontrar você, diz Johannes

Foi sim, uma feliz coincidência, diz Anna Pettersen

e Johannes avista um banco e cogita perguntar a Anna Pettersen se eles podem se sentar um pouco ou se seria muito rude e indelicado da sua parte, porque agora já estão bem próximos da residência do proprietário da fábrica Aslaksen, que produz barris de arenque para meio mundo

Foi uma carta muito bonita a que você me enviou, diz Anna Pettersen

Não quer se sentar um pouquinho naquele banco?, diz Johannes

Sabe o que é, diz Anna Pettersen

Preciso ir para casa, diz ela

e Anna Pettersen recolhe o braço de volta e Johannes pensa que não pode simplesmente deixá-la ir sem mais nem menos, agora algo precisa ser feito e antes que se dê conta ele colocou o braço em volta dos ombros de Anna Pettersen e ela se desvencilhou com a mesma rapidez

Que é isso, Johannes, diz Anna Pettersen

e Johannes não sabe o que dizer nem o que não dizer

Preciso ir para casa agora, diz Anna Pettersen

e Johannes vê que Anna Pettersen está com os olhos voltados para a rua lateral

Adeus então, diz Johannes

Até logo, diz Anna Pettersen

mas será que a voz de Anna Pettersen não estava um pouco embargada?, Johannes pensa, enquanto fica parado e a observa caminhando pela rua lateral, e ele também não teve a impressão de que a barriguinha dela estava um pouco saliente? Sim, não é mesmo, Johannes pensa e pensa que a essa altura alguém deve ter feito coisa com Anna Pettersen, aquela garota linda, que agora está embarrigada, e não foi ele, não, e pensar que ela era dessas, Johannes pensa, não, é muito triste, inaceitável até, Johannes pensa, não, mas quem poderia ter sido?, Johannes pensa e que fim levou o Peter?, ele pensa e acha melhor voltar para o pesqueiro de Peter, então, Johannes pensa, não, que coisa mais horrível, Johannes pensa e se vira e começa a voltar para o cais e lá no banco pelo qual ele e Anna Pettersen acabaram de passar, lá está sentado Peter, tão charmoso e elegante em seu paletó, e ostentando seu chapéu novo na cabeça, então agora ambos estão vestindo paletós elegantes, o Peter e o Johannes, mas por que Johannes tinha agora que caminhar por aí vestindo seu paletó mais elegante, de chapéu na cabeça, guarda-chuva em punho, relógio no bolso da calça, justo quando Anna Pettersen acabou de sair apressada pela rua lateral e ele reparou na barriguinha dela bem saliente e percebeu que alguém andou fazendo coisa com ela, se ao menos fosse ele, mas não foi ele, dela ele nunca chegou tão perto quanto hoje quando ele e Anna Pettersen caminharam de braços dados pelo cais

Venha se sentar um pouco aqui, diz Peter

Mas que fim levou a sua dama?, diz ele

Até onde sei você estava de braços dados com a Anna Pettersen, de Dynja, diz ele

e Johannes pensa enquanto se senta ao lado de Peter que não deve dizer nada a Peter, não deve lhe contar sobre o estado em que Anna Pettersen se encontra, ele que não vai fazer isso, ele não, de jeito nenhum

Você foi com ela até em casa, até a porta, diz Peter

e há na voz dele um tom de provocação que incomoda Johannes

Eu fui, sim, diz Johannes

E a entregou nos braços do Aslaksen Júnior, diz Peter

Se você está dizendo, diz Johannes

É o que andam falando por aí, diz Peter

É mesmo, diz Johannes

Ou foi o Aslaksen ou o Aslaksen Júnior, um dos dois andou fazendo coisa com ela, diz Peter

E dizem que foi o Júnior, diz ele

Então só pode ter sido, diz Johannes

Você viu com os próprios olhos, diz Peter

Eu vi, diz Johannes

Pois é, foi ele, diz Peter

Que coisa, diz Johannes

Você chegou atrasado, diz Peter

Estão dizendo até que o Aslaksen Júnior vai se casar com ela agora, diz ele

e Johannes não sabe o que dizer, se não fosse a infeliz carta que mandou para ela não teria tanto problema, mas insistir em mandar aquela carta, que tolice, Johannes, não, ele não deveria ter feito isso, ele pensa, agora é capaz de ela ir mostrar a carta a Aslaksen Júnior e os dois vão se acabar de rir e vão fazer troça dele por ter escrito uma carta para perguntar se Anna Pettersen não gostaria de sair com ele uma noite, se tivesse vontade, ou disposição, e então ele iria convidá-la para um café e um bolinho e depois os dois poderiam passear pelas ruas da cidade, sim, foi isso que ele escreveu, para quem quer que pudesse ler

Não pense mais nisso, diz Peter

Não, diz Johannes

Foi do jeito que foi, diz Peter

Foi mesmo, mas que bela garota, isso ela era, diz Johannes

O Aslaksen deve achar a mesma coisa, ou talvez o Aslaksen Júnior, diz Peter

Disso pode ter certeza, e o resultado não tardou a aparecer, diz ele

Mas olhe ali, olhe aquelas duas ali, diz Peter

e ele se levanta e cutuca Johannes no ombro

Olhe aquelas duas ali, diz Peter

e Johannes olha na direção do cais e lá vêm vindo duas lindas garotas, de braços dados, e elas sorriem e brincam e se divertem

Essas aí combinam com você, diz Peter

Mal a Anna Pettersen se foi, ela que se arranjou com outro, lá vêm mais essas duas, diz ele

Deixa que eu faço as apresentações, diz ele

e se levanta, e Johannes vê Peter indo na direção das duas garotas e ele vê Peter tirando o chapéu

Olá, meu nome é Peter e aquele ali atrás

e ele se vira e aponta para Johannes

Aquele ali atrás é o Johannes, diz Peter

e as garotas riem e param

Meu nome é Marta, diz uma

E eu sou a Erna, diz a outra

Talvez pudéssemos dar uma voltinha juntos, diz Peter

ele se aproxima e estende o braço para Marta

Com muito gosto, diz Marta

e segura Peter pelo braço

Que tal se fôssemos juntos, diz Johannes

e olha hesitante para Erna

Claro que sim, diz Erna

e Johannes estende o braço para Erna e ela o segura e então eles vão até o cais, a Marta e o Peter e a Erna e o Johannes, e Johannes acha que aquela que segura seu braço é uma garota e tanto, pequenina e formosa, ela é, de cabelos delicados e escuros, e eles vão passeando pelo cais na mesma toada, rumo ao pesqueiro de Peter, e chegam ao pesqueiro de Peter

Sim, este aqui é o meu barco, diz Peter

Que lindo barco, diz Marta

Com ele eu pesco meus peixes, diz Peter

Imagino, diz Marta

Precisamos voltar agora, diz Erna de repente

e olha bem séria para Marta

Precisamos ir, diz Marta

Mas então nos falamos outra hora, diz Peter

Quem sabe no próximo domingo, um pouco mais cedo, aqui no cais?, diz ele

Está combinado assim, diz Marta

e ela olha inquisitivamente para Erna

Pode ser, diz Erna

então as garotas soltam os braços e então Peter e Johannes ficam no cais próximo ao pesqueiro de Peter observando Marta e Erna de mãos dadas caminhando pelo cais, e então param, brincam e sorriem, e então as duas erguem os braços e acenam para eles e Peter e Johannes também levantam os braços e acenam para as duas garotas

Que garotas lindas, diz Johannes

Nem me fale, diz Peter

e Johannes sobe a bordo do pesqueiro de Peter e se senta no banco da popa e vê Peter ali na beira do cais e Peter parece tão franzino, como se estivesse a ponto de se desconjuntar inteiro a qualquer momento, é isso que ele aparenta, quase isso, Johannes pensa, como se os braços fossem se soltar dos ombros a qualquer momento e o cabelo dele, como pode estar tão comprido e cinza, e o rosto dele, a pele, tão fina e branca, é como se Johannes pudesse enxergar os ossos brancos, como se a caveira de Peter transparecesse em pleno rosto, e isso de ninguém ter vindo, de estar tão quieto e deserto aqui, de nenhuma pessoa ter vindo comprar caranguejos, o barco está abarrotado de caranguejos, os bichos ficam rastejando de um lado para o outro no convés e o que eles vão fazer com os caranguejos se não puderem vendê-los? O apanhado de hoje foi muito bom, muito caranguejo, e estão bem carnudos, e Johannes está ali sentado segurando uma sacola plástica com os melhores caranguejos que pegaram, pois Peter escolheu os melhores caranguejos e disse que eram para a velha comadre Pettersen, ela que sempre vinha comprar caranguejos, disse Peter, mas até agora ela não veio, ninguém veio, nem a velha comadre Pettersen nem ninguém e quanto tempo mais eles ficarão aqui? Eles não podem ficar aqui neste cais para sempre, Johannes pensa

Pelo jeito ninguém vem comprar esses caranguejos, diz Johannes

Hoje está bem ruim de freguês, diz Peter

Mas não podemos desistir ainda, o barco está bem cheio, diz ele

Não, diz ele

Não, não podemos, diz Johannes

Mas quem sabe então você não possa atravessar o estreito e me levar para casa agora e depois voltar para o cais?, diz ele

Eu posso, sim, diz Peter

E hoje à noite, diz Johannes

O que tem hoje à noite, diz Peter

E hoje à noite eu vou cortar o seu cabelo, ele está tão feio assim comprido e desgrenhado, diz Johannes

Pode vir à noitinha, sim, diz Peter

Pode deixar, diz Johannes

Mas que estranho que a velha comadre Pettersen não apareceu, diz Peter

Ela sempre aparece, diz ele

Não me lembro de nenhuma vez que ela não tenha vindo, essa deve ter sido a primeira, tenho para mim que foi, com certeza, diz ele

Mas achei que ela tivesse morrido, diz Johannes

Morrido, diz Peter

Você não pode me levar pelo estreito agora?, diz Johannes

Posso, sim, diz Peter

e ele então diz o que a velha comadre Pettersen vai pensar quando chegar ao cais para pegar seus caranguejos e Peter não estiver lá, a velha comadre Pettersen vai ficar surpresa de verdade quando chegar aqui e não o encontrar, mas se for assim, será, diz Peter, e Johannes diz que eles podem deixar a sacola plástica cheia de caranguejos no cais, para que ela possa pegá-los se vier, diz ele, já que não tem mais ninguém aqui, então ninguém vai roubar os caranguejos, diz Johannes e Peter diz que é exatamente o que farão, até já calhou de ele fazer assim uma vez, diz Peter, então Johannes só precisa lhe entregar a sacola plástica, diz ele e Johannes entrega a sacola plástica a Peter e ele a recebe e então deixa a sacola plástica no cais e então Peter vai soltar a amarra da proa e joga a corda a bordo do pesqueiro e então ele solta a amarra da popa também e então Peter cuidadosamente sobe a bordo do pesqueiro e Johannes acha aquela cena horrível, porque Peter mal consegue firmar os pés a bordo, é como se ele mal aguentasse fazer força, como se seus braços quisessem se soltar do corpo, Johannes pensa, não, é muito feio ver isso, Johannes pensa, o que aconteceu com Peter?, ele pensa, tão frágil como está agora, não, como é horrível essa visão, Johannes pensa, e Peter se senta junto dele

Acho que você poderia ligar o motor, diz Peter

e Johannes assente com a cabeça e vai até a caixa do motor e segura a manivela e a gira com força algumas vezes e então se ouvem dois estrondos e depois o bom e velho ruído e então eles deslizam para longe do cais, lentamente, rumo ao estreito

O dia não foi lá essas coisas, diz Johannes

Às vezes acontece de ser assim, diz Peter

Ou não se pega o caranguejo ou não se tem o freguês, diz ele

É assim mesmo, diz Johannes

e Johannes olha para cima e vê que o céu está sendo encoberto pelas nuvens e ele pensa que agora é hora de ir para casa, e então, à noite, irá à casa de Peter cortar os cabelos dele

Mas olhe só isso, diz Peter

e ele aponta na direção do cais, perto de onde o pesqueiro estava atracado, ali no cais, eles veem a velha comadre Pettersen se agachando para pegar a sacola plástica com os caranguejos

Pois é, eu não disse, aquela lá sempre vem, diz Peter

Pelo visto é verdade, diz Johannes

Foi bom ela ter vindo pegar os caranguejos, diz Peter

Pois não foi mesmo, diz Johannes

e o pesqueiro desliza pelo estreito, avançando no ritmo dos sopapos do motor, e lá adiante Johannes avista a enseada e não muito distante do cais ali está sua casa, agora vai ser bom chegar em casa, Johannes pensa, se pelo menos Erna fosse viva seria uma alegria a mais, mas agora que Erna partiu as coisas são tão tristes, mas pelo menos aquecida a casa vai estar, e um pouco de comida também vai haver, Johannes pensa, mas é uma pena Erna ter partido antes dele, logo ele que sempre pensou que fosse embora primeiro, mas foi Erna quem foi, e é claro que é estranho ficar sozinho, por tantos anos foram casados e eram um casal feliz, e sete filhos os dois tiveram, e todos esses anos viveram em harmonia, embora acontecesse de brigarem de quando em vez, mas na maior parte do tempo viviam em felicidade e harmonia, mas agora ela se foi para sempre se foi

É assim que é, diz Johannes

Aí está você falando sozinho de novo, diz Peter

e Johannes vê Peter sentado com o leme na mão e olhando para ele

Eu costumo fazer isso, eu, diz Johannes

Você está é ficando velho, diz Peter

e sorri para Johannes um sorriso franco

Disso não tenho dúvida, diz Johannes

Nem eu, não tenho como negar também, diz Peter

Jovens já não somos mais, diz Johannes

Não, longe disso, diz Peter

Você vai depois para o poente, para a baía, atracar o barco?, diz Johannes

Estou aqui pensando, diz Peter

Está pensando em fazer mais uma viagem até a cidade?, diz Johannes

Sim, porque cedo ou tarde as pessoas devem aparecer, diz Peter

Sim, estava estranhamente deserto, diz Johannes

Não tinha vivalma, diz Peter

Mas a velha comadre Pettersen enfim apareceu, diz Johannes

Foi, foi, diz Peter

Ela apareceu, diz ele

Ela sempre aparece, diz ele

Você acha que foi ruim não termos esperado mais, diz Johannes

Talvez, um pouco, diz Peter

Porque eu sempre a encontro, diz ele

Se eu tiver caranguejo ela vem, esteja muito certo disso, diz ele

Pelo jeito é assim mesmo, diz Johannes

e ele olha para frente e percebe que estão se aproximando do cais da enseada, agora é só Peter atracar que ele pode pisar em terra firme e tomar o rumo de casa, Johannes pensa, e então preparar um bule de café, ele pensa, e se ao menos Erna fosse viva então seria uma alegria voltar para casa, mas agora, não, agora não é mais tão bom, Johannes pensa e Peter manobra o pesqueiro no cais da enseada e Johannes se levanta

Não quer levar uns caranguejos, diz Peter

Não sei, diz Johannes

Você não é muito de cozinhar, diz Peter

Não, não sou, diz Johannes

Eu também sou um pouco assim, diz Peter

então Johannes desembarca no cais da enseada sentindo-se leve como nunca, leve como se fosse um jovem, será possível, não, ele não sabe direito por quê, Johannes pensa, às vezes ele sente esse peso no corpo e mal consegue se mexer e outras vezes, como agora, e como hoje de manhã, sente-se tão leve que mal percebe que se move, é desse jeito, Johannes pensa

Então mais tarde você vem cortar meu cabelo, diz Peter

Vou, sim, diz Johannes

e Johannes vê Peter dando ré em seu pesqueiro e se distanciando do cais da enseada e fica parado olhando para Peter, não, essa aparência dele, Johannes pensa, chega a dar dó, ele pensa, e ele vê o mar envolver o pesqueiro negro com listras brancas e então Johannes vê o pesqueiro desaparecer diante dos seus olhos e não entende nada, o pesqueiro estava lá e Peter estava a bordo dele e de repente o pesqueiro some, não afundou, não adernou, simplesmente sumiu, Johannes pensa e pensa que agora é hora de ir para casa, vai ser bom voltar para casa e para Erna, quem sabe até ela tenha preparado um cafezinho, Johannes pensa e começa a caminhar de volta para casa, um trechinho bem curto e depois é só contornar o monte e seguir em frente e então a casa estará lá, Johannes pensa e vai pela estrada e ah se Erna estivesse em casa quando ele chegasse, seria tão bom, Johannes pensa, mas por que ela foi morrer antes dele, não, isso não foi bom, Johannes pensa, e por acaso ele não prometeu que iria à casa de Peter mais tarde, cortar o cabelo dele? Pois sim, ele prometeu, Johannes pensa, assim sendo ele bem que poderia ir logo à casa de Peter, ou talvez primeiro devesse passar em casa e ver se Erna está lá, não, como é que ele pode pensar assim, a Erna, ela morreu há muito tempo, a sua Erna, e então ele pensa que pode simplesmente ir para casa e lá estará Erna, não, como pode pensar assim, e Peter acabou de zarpar com seu pesqueiro, ele, portanto, não pode ter chegado em casa ainda, então como ele quer ir até a casa de Peter agora, não, hoje ele não está bem do juízo, Johannes pensa, então não lhe resta outra coisa a não ser tomar o rumo da própria casa, Johannes pensa e ele para e dá meia-volta e espia na direção do estreito, na direção da cidade, e vê que agora a ventania sopra forte, a chuva não tardará a chegar, Johannes pensa, então é melhor tomar o rumo de casa e que coisa agora também escureceu e a escuridão chegou tão de repente, sem direito a um pôr do sol e a um crepúsculo, não, foi subitamente, porque tudo agora está tão escuro que ele mal consegue enxergar os próprios pés e agora precisa chegar em casa, não, isso é muito esquisito, hoje pelo jeito tudo está fora do eixo, hoje as coisas estão acontecendo de repente sem mais nem porquê, Johannes pensa, e começa a caminhar pela estrada no rumo de casa e a estrada ele a conhece tão bem que poderia percorrê-la de olhos fechados e ele para, porque não são passos que ele ouve lá ao longe? É certeza que ele ouve passos, e não são passos se aproximando? E não são os passos de Erna que ele está ouvindo? Então é Erna quem vem recebê-lo, e não é que é ela mesma, Johannes pensa, mas que coisa mais incrível, Johannes pensa, mas claro que não pode ser Erna quem vem andando até ele, não é possível, Johannes pensa e os passos se aproximam e ele apenas fica parado e então os passos param bem diante dele

É você Johannes?, diz então Erna

e Johannes sente uma felicidade fluir por todo o corpo

É você Erna, diz Johannes

Claro que sou, diz Erna

Estava tão preocupada com você, foi uma virada tão repentina, começou uma ventania, a escuridão caiu e fiquei sem saber se você ainda estava lá no mar, diz ela

Não, eu já estava em terra firme antes de o tempo virar, diz Johannes

Que bom assim, diz Erna

Agora vamos para casa, diz ela

Vamos sim, diz Johannes

Vamos já, diz Erna

Aqui, segure a minha mão, diz ela

e Johannes segura a mão de Erna e sente que a mão dela está fria, não está nada quente a mão dela e então Erna e Johannes vão pela estrada

Deixei a luz da varanda acesa, Johannes, diz Erna

Fez bem, diz Johannes

Sim porque está tão escuro agora, pode ser útil, não se consegue enxergar nada nesse breu, diz ela

Não, está escuro demais, diz Johannes

e Erna e Johannes vão pela estrada e Johannes avista a luz e ela ilumina tão timidamente a porta de entrada da casa e tudo parece agora bom e seguro, tal como costumava ser, tudo agora está em seu lugar, Johannes pensa, do jeito como deve ser, do jeito como sempre deveria ser, Johannes pensa

Quando chegarmos em casa vou passar um cafezinho, diz Erna

Um café e um cigarro vêm muito a calhar agora, diz Johannes

Imagino que sim, diz Erna

e Johannes se vira para Erna e não consegue vê-la em lugar nenhum, mas sente o toque da sua mão fria, ele pensa, e ouviu também a sua voz, assim como ouviu seus passos, mas não consegue mais vê-la, ela não está em lugar nenhum e Johannes pergunta onde Erna está e ela não responde e ele aperta forte a mão dela e sente o toque da mão fria, como ela está magra

Erna, você tem que me responder, diz Johannes

Responda, Erna, diz ele

Cadê você?, diz ele

Por que não me responde, Erna, diz ele

e Johannes aperta a mão fria dela ainda mais forte e sente que a mão cede e desaparece na sua própria mão, e essa agora, Erna, Johannes pensa

O que há com você, Erna, diz Johannes

e ele para e olha para a casa e lá ela está como sempre esteve, e agora não está mais escuro mas claro e ele está sozinho e Erna não está mais lá, ela se foi, e tudo isso foi só uma impressão que ele teve, Johannes pensa, a escuridão, Erna vindo em sua direção e, bem, todo o resto, Johannes pensa e agora ele vai dar uma passada em casa e em seguida irá à casa de Peter cortar o cabelo dele como nos velhos tempos, como tinham combinado, Johannes pensa e vai até a casa e empurra a porta e entra no corredor e é bom estar em casa novamente, ele pensa, sempre depois de ter estado no mar é tão bom voltar para casa, Johannes pensa, e vai direto para a cozinha e lá na bancada da cozinha, na sua cadeira de sempre, Erna está sentada

Não, hoje o apanhado foi ruim, diz Johannes

Nenhuma fisgada no meu anzol, diz ele

Ainda bem que estamos aposentados, diz Erna

Sim, não carecemos de muito, diz Johannes

É verdade, diz Erna

e Johannes vai e se senta ao lado da bancada da cozinha, de frente para Erna, e ela se levanta, vai pegar a caneca dele em cima da bancada e então tira o bule do fogão e serve o café

Um cafezinho você há de querer, diz Erna

Sim, por favor, diz Johannes

e Erna põe a caneca de café diante de Johannes e ele pega o pacote de tabaco e enrola um cigarro

Um cigarro e um cafezinho, diz Johannes

Mas você não deveria fumar, diz Erna

Durante sessenta anos eu fumei, provavelmente vou continuar fumando durante os anos que me restam, diz Johannes

É bem provável, diz Erna

Mas como o fumo está caro, diz ela

Nem me fale, diz Johannes

Um absurdo de caro, diz ele

Como podem cobrar tanto por um pacote de tabaco, diz ele

São esses impostos, diz Erna

Uma loucura, diz Johannes

e ele pega a caixa de fósforos e acende o cigarro e então dá uma sequência de tragadas e depois ergue a caneca, a segura diante do rosto por um instante e então toma um gole de café

Está uma delícia, diz Johannes

Não está com vontade de comer uma fatia de pão também, diz Erna

Acho que não, diz Johannes

Você nunca foi de comer mesmo, diz Erna

Mas uma fatia de pão com queijo lhe faria bem, diz ela

É, talvez, diz Johannes

e ele vê Erna se levantar e ir até a janela da cozinha e ela se endireita, fica ali admirando a paisagem e Johannes pensa que eles vivem bem, ele e a Erna, agora que estão aposentados recebem um dinheirinho que dá para os gastos, e os filhos são crescidos, e são direitos, todos eles, nem me fale, e netos eles têm, tantos que às vezes ele até perde a conta, mas ele também nunca foi bom com números,

Johannes pensa, de jeito nenhum, ele e os números nunca se deram bem, Johannes pensa, e isso até resultou num ou noutro revés ao longo dos anos, Johannes pensa

Ei, Erna, diz ele

e ele olha para Erna e ela olha para ele e ela está ali e olha em silêncio e feliz para ele e Johannes pensa que eles viveram tão bem nos últimos anos quando Erna ainda era viva, não passaram necessidades, não brigavam nem discutiam, viviam em paz e confortavelmente, mas de repente Erna amanheceu morta na sua cama lá no sótão, Johannes pensa, e olha para a janela da cozinha onde Erna costumava ficar e ali não tem nenhuma Erna agora, só o vazio, Johannes pensa, e apoia o cigarro no cinzeiro e vai pegar o bule de café no fogão

Deve ter sobrado um restinho do café da manhã, diz Johannes

e ele pega a caneca da bancada da cozinha e se serve de café

Um cafezinho é bom, mesmo que esteja frio, diz ele

e ele vai e se senta ao lado da bancada da cozinha, dá um gole no café, apanha o cigarro do cinzeiro, volta a acendê-lo e dá mais algumas tragadas, então vai até a janela da cozinha e fica ali parado admirando lá fora, não, isso é muito triste, Johannes pensa, é terrível ter que ficar assim tão só, terrível demais, Johannes pensa, ele tem que ir lá fora imediatamente, ele pensa, não dá para ficar em casa assim, Johannes pensa e ele vai até o corredor e ele se vira e lá está Erna no vão da porta da cozinha

É bom tomar cuidado no mar, diz ela

Pode deixar, diz Johannes

Você se lembre de que não sabe nadar, diz Erna

Sim, não estou ficando louco, diz Johannes

e ele vai lá fora, fecha a porta ao passar e agora não

vai mais olhar para trás, agora vai direto para a casa de Peter, Johannes pensa, porque Peter precisa muito de um corte de cabelo, Johannes pensa, não, como aquela cabeleira comprida e grisalha está feia, Johannes pensa, e ele vai até a casa de Peter e lá, no fim da estrada, não é Signe, a filha caçula, quem está vindo? Claro que é Signe, talvez esteja a caminho para visitá-lo, a Signe, Johannes pensa, mas que surpresa boa, Johannes pensa, e ele para e fica ali na beira da estrada e ele vê Signe vindo com passos decididos e rápidos pela estrada e por que ela parece assim tão preocupada e por que não reparou nele? Ela simplesmente vem andando, a Signe, e não repara que ele está ali alguns metros diante dela na beira da estrada, e por que ela não olha para ele, a caçula, a Signe, e vem andando em sua direção e mesmo assim não o vê? Mas o que está se passando com Signe, Johannes pensa, por que ela não reparou nele?, Johannes pensa

Signe, Signe, ei Signe, grita Johannes

e Signe apenas segue em frente

Não está me vendo?, diz Johannes

Estou aqui, seu pai, Johannes, diz ele

e será que ele não identifica uma breve agitação, um quê de medo no rosto de Signe? Sim, ele percebeu, uma agitação mínima, um quê de medo havia ali, mas por que Signe não responde, será que ele disse ou fez algo errado? O que poderia ser?, Johannes pensa e vai pela estrada na direção de Signe e ela vem andando na direção dele

Signe, Signe, não está me vendo, diz ele

e um desespero profundo se apossa de Johannes, porque Signe não o vê nem o escuta, ela simplesmente vem andando na direção dele

Signe, Signe, diz Johannes

e Signe se deteve um instante diante dele e nunca Johannes tinha visto aquele medo nos olhos de Signe, os olhos dela estavam enegrecidos de pavor, Johannes pensa, e ela não o vê, ela vem e passa por ele e vai e passa através dele

Signe, Signe, não está me vendo, grita Johannes

e Signe vem andando na direção dele e então passa através dele, Signe passou por dentro dele e ele sentiu o calor dela, mas ela passou através dele, ela, através dele, Johannes pensa, e Signe pensa que isso, isso não pode ser, algo estava vindo na direção dela, ela percebeu, foi tão nítido que até tentou desviar, se desvencilhar, mas não adiantou, veio na direção dela e então, e então ela simplesmente teve que ir em frente e passou através daquilo e era tão frio, mas não se machucou de modo algum, estava apenas frio e ela não pôde fazer nada e foi terrível, e ela não vai contar a ninguém, ou então vão achar que ela ficou louca, Signe pensa, e o que estava acontecendo com seu pai, ele simplesmente se deitou na cama e morreu também? Vai ver não foi isso, mas ela já ligou para ele várias vezes hoje e ele não atendeu o telefone e claro que ela deveria ter vindo vê-lo mais cedo, mas não tinha como, ela estava no trabalho, justo no dia que ela liga do trabalho ele não atende o telefone, Signe pensa e então Torset, o vizinho da casa ao lado, telefonou para dizer que não tinha visto Johannes o dia inteiro e as luzes da casa estavam apagadas, disse ele, então achou melhor ligar para Signe, foi o que ele disse, e ela não teve escolha a não ser vir, ver como estava o pai, Signe pensa, porque é muito estranho, todo santo dia o pai costuma sair para dar uma voltinha, a pé ou de bicicleta que seja, se o clima permitir, e isso de as luzes não estarem acesas, nem mesmo depois que escureceu, não, isso é muito estranho, Signe pensa, alguma coisa deve ter acontecido, é capaz de o pai agora estar caído no chão, deve ter escorregado, quebrado uma perna e ela não veio antes acudi-lo, não, isso é muito ruim, Signe pensa e está tão escuro, se ao menos fosse outra estação do ano e não o meio do inverno e escuro o dia inteiro por assim dizer, mas ela precisa ver o que aconteceu com o pai e ainda mais isso? Alguma coisa vindo na direção dela sem se desviar, apenas vindo na direção dela em linha reta, e se ela se movesse então a coisa se moveria também, não, isso foi horrível, Signe pensa, aquilo passar direto através dela, Signe pensa e Johannes fica ali na estrada olhando para Signe pensando que não, sua própria filha, a caçula Signe, não o viu, não o reconheceu, ele parado ali, caminhando na direção dela e ela nem reparou, é terrível, Johannes pensa, e ela nem respondeu quando ele gritou por ela

Signe, Signe, responda, seu pai está chamando, grita Johannes

e ele apenas ouve os passos de Signe caminhando pela estrada, não, isso é terrível, Johannes pensa, é terrível, Signe nem o vê nem o ouve, é terrível demais, Johannes pensa, e pensa em ir para casa, atrás de Signe, porque é bem possível que ela esteja indo visitá-lo, mas ele estava indo ver Peter conforme eles tinham combinado, então talvez devesse primeiro passar na casa de Peter e avisar, talvez possa cortar o cabelo dele mais tarde, Johannes pensa e vai até a casa de Peter e se aproxima e bate na porta da frente mas ninguém responde então ele gira a maçaneta, abre a porta

Está em casa, Peter, grita ele

mas ninguém responde, então Peter não deve ter voltado para casa ainda, Johannes pensa, e será que ele pode ir entrando assim na casa quando Peter não está?, Johannes pensa, não, não pode, Johannes pensa, então talvez ele possa se sentar no banco do jardim para esperar, Johannes pensa, isso ele vai fazer, porque a temperatura está amena e agradável, uma linda noite de verão esta, Johannes pensa, e fecha a porta da casa de Peter e vai até o jardim e se senta no banco do jardim de Peter e agora é só ficar aqui esperando, Johannes pensa, é o que ele vai fazer, sim, ele pensa, e Signe agora está diante da porta da casa de Johannes, a casinha da minha infância, Signe pensa, e tateia procurando a chave e abre a porta e entra no corredor e encontra o interruptor e acende a luz do corredor, não, isso é muito triste, Signe pensa, o que a espera aqui?, ela pensa, que coisa pode ter acontecido?, Signe pensa e agora ela tem que se recompor e entrar, não pode simplesmente ficar parada aqui no corredor, por mais angustiada que esteja agora, mas é o que precisa ser feito, Signe pensa, e fica parada olhando para as lajes de pedra no chão do corredor e Signe pensa que nunca entendeu direito por que o pai Johannes nunca quis fazer um revestimento decente no piso do corredor, não devia ser tão caro, mas não, quando o assunto eram as lajes de pedra ele não admitia nem conversa e por que o pai Johannes não queria revestir o corredor, como fazia todo mundo, por que ele fazia questão dessas lajes de pedra no corredor?, Signe pensa, e não, isso é triste demais e agora ela precisa se recompor e entrar e Signe abre a porta da cozinha e acende a luz e ali na bancada da cozinha está a caneca do pai e não parece ter sido usada e o cinzeiro está na mesa da cozinha em frente ao lugar onde ele senta e ali está o pacote de tabaco e a caixa de fósforos então quer dizer que ele não se levantou da cama, Signe pensa, não, isso é um mau sinal, porque o pacote de tabaco está onde o pai costuma deixá-lo à noite, Signe pensa, toda noite ele deixa o pacote de tabaco e a caixa de fósforos ali na mesa da cozinha e a primeira coisa que ele faz assim que se levanta da cama pela manhã é fumar um cigarro, depois mais um, e então mais um ou outro com o café, toda manhã é assim, Signe pensa, mas hoje pelo visto o pai nem tocou no pacote de tabaco e o cinzeiro está vazio, não, isso é ruim, Signe pensa, e então ela repete para si mesma que agora o bom Deus que a ajude, agora Jesus Cristo, que estreitou os laços entre o Deus eterno e os humanos pecadores neste mundo de perdição, governado como é pelos impiedosos deuses da morte, a ajude, e então Signe se enche de coragem e vai até a sala, acende a luz, e lá tudo está como de costume, então ela vai até o quarto, para em frente à cortina

Johannes pai, diz Signe

e fala com a voz baixa e pensa que não tem como deixar de chamá-lo pelo nome, por via das dúvidas

Está aí, Johannes pai?, diz ela

É a Signe, sua caçulinha, diz ela

Agora me responda, Johannes pai, diz ela

Não vai me responder, Johannes pai, diz ela

e Signe pensa que agora deve abrir a cortina e espiar lá dentro, onde o pai deve estar deitado, e deve estar morto agora, Johannes pai, Signe pensa, não, isso é terrível, ele sempre foi meio excêntrico, mas era bom e gentil e fez o que pôde e trabalhou duro para manter a família, e agora ele também terá partido?, Signe pensa, não, isso é terrível, Signe pensa, e ela não pode ficar aqui com esse pensamento solto, precisa fazer alguma coisa, ela pensa e então afasta a cortina de lado e passa pela cortina e então avista o pai deitado ali na cama e parece que ele está deitado dormindo e aqui dentro do quarto não tem uma luz, não, Signe pensa e a cortina volta a se fechar depois que ela passa e ela estica ambos os braços diante do corpo e vai tateando à medida que caminha e ela toca na cúpula do abajur da mesa de cabeceira e vai descendo as mãos pela cúpula e encontra o interruptor e acende o abajur e então Signe vê o pai deitado ali na cama, exatamente como se dormisse, de olhos fechados e a boca entreaberta e o cabelo espesso e desgrenhado e ali está ele deitado e Signe leva a mão à testa dele e sente que a testa está fria e Signe segura a mão do pai e sente que a mão está fria

Johannes pai, agora acorde, diz Signe

e o pai não responde e não se mexe

Mas Johannes pai, agora você tem que acordar, diz ela

Johannes pai, acorde agora, diz Signe

e ela leva a mão até o punho do pai e o pressiona tentando sentir alguma pulsação e não sente e ela leva a mão à boca e ao nariz do pai e não o sente respirar, mas então ele só pode estar morto, Signe pensa

Então você está morto agora, Johannes pai, diz Signe

Esse dia chegaria, mesmo sendo você tão teimoso, diz ela

Ô Johannes pai, ô Johannes pai, diz ela

Meu velho e bom Johannes pai, diz ela

e fica ali em pé no quarto olhando para o pai

Ô meu velho Johannes pai, diz Signe

e então ela balança levemente a cabeça e então sente a boca retesar e então as lágrimas brotam de seus olhos, e agora? O que ela deve fazer agora?, Signe pensa, o que fazer agora?, ela pensa e então deve ligar para o médico? Sim, provavelmente é o certo a fazer, ainda que nada mais possa ser feito, então é isso, ela deve ligar para o médico, Signe pensa e vai até a sala e no corredor está o telefone sobre uma pequena prateleira e ela pega a agenda telefônica e encontra o número do médico e agora ela deve ligar para o médico, Signe pensa, depois ela deve ligar para Leif para ele vir ajudá-la, já que agora ele deve ter chegado do trabalho e ele chega muito cansado como sempre, ele trabalha muito, o Leif, mas quando coisas como essa acontecem pois é fazer o quê, mas ela tem que ligar para o médico, Signe pensa, e ela tira o fone do gancho e disca o número e o médico atende e ele diz que vai imediatamente e Signe liga para casa, para o marido Leif e ele também atende e diz que já está indo e então Signe fica ali, no corredor, contemplando as lajes de pedra no chão e pensa que aquelas lajes, foi ele que tanto as quis ali, o Johannes pai, ele não queria que fossem removidas, ele gostava muito das velhas lajes, Signe pensa, e agora, o que mais ela pode fazer?, Signe pensa e vai até a cozinha e então pega o pacote de tabaco e a caixa de fósforos e o cinzeiro que pertencia a Johannes pai e guarda tudo na bancada da cozinha, bem ali debaixo da janela da cozinha, e o que mais ela pode fazer?, Signe pensa, talvez passar um café? Para si mesma? Para o médico? Para o Leif? Mas isso lá é apropriado quando ela acabou de encontrar o pai morto, Signe pensa, mas o que mais ela pode fazer? Voltar para onde está o pai? Sentar do lado dele? Ele passou o dia inteiro ali, morto, sozinho, então talvez ela devesse ficar com ele?, Signe pensa, talvez seja o mais certo a fazer, fazer companhia ao Johannes pai, agora que ele está morto pode ser que precise de alguém sentado a seu lado, Signe pensa, ou talvez Johannes pai prefira ficar sozinho agora, Signe pensa, sempre quando surgia algum problema ou algo precisava ser resolvido Johannes pai preferia ficar sozinho, o melhor conforto para ele era ficar sozinho, Signe se lembra de um dia ouvi-lo dizer, sendo assim Johannes pai talvez preferisse que ela ficasse ali onde está, Signe pensa, mas o que ela há de fazer em relação a si mesma? Ela pode ir lá fora esperar o médico, talvez ele não saiba direito onde fica a casa?, Signe pensa e sai e volta para o corredor, acende a luz lá de fora, volta a sair, desce até a estrada e está um breu terrível e daí algo ter vindo andando na direção dela e vindo atrás dela quando ela tentou desviar e mesmo assim aquilo veio andando atrás dela e a atravessou, Signe pensa, não, ela nem devia pensar nisso, Signe pensa, e isso acontecer na mesma noite em que ela encontrou Johannes pai morto, não, é de arrepiar, chega a ser mórbido até, Signe pensa e vê um carro se aproximando e é Leif, ainda bem, foi bom ele ter vindo tão rápido, Signe pensa e ela vê o carro estacionar e Leif descer

Então agora foi o pai Johannes, diz Leif

Parece que sim, diz Signe

Ele está deitado na cama, parece que morreu dormindo, diz ela

Já ligou para o médico?, diz Leif

Já, diz Signe

Ele deve ter morrido em algum momento da noite, diz Leif

Seja como for ele não saiu da cama, diz Signe

Morreu dormindo, e certamente foi melhor assim, diz Leif

E viveu com saúde até o fim, diz Signe

Com saúde e lúcido, diz Leif

E quase todos os dias, sempre que o tempo permitia, ele estava no mar, diz ele

Ele não era de entregar os pontos, não, diz Signe

Não, de jeito nenhum, diz Leif

Mas é muito triste, diz Signe

e ela segura Leif pelo braço e encosta o rosto no braço e então vêm as lágrimas, não muitas, mas algumas

Claro que é triste, diz Leif

Mas é assim que é, diz ele

Não há nada que possamos fazer, vai ser assim com todos nós, diz ele

É assim mesmo, diz ele

e Signe solta seu braço

Então o Johannes pai também partiu, diz ela

Acho que eu, diz Leif

e Signe o interrompe

Deve ser o médico chegando, diz ela

e um carro se aproxima e os faróis iluminam o caminho e ele para e um homenzinho de barba branca desce e ele abre a porta traseira do carro e tira uma maleta e vem caminhando ao encontro de Signe e Leif

Foi o Johannes então, diz o médico

Sim, diz Leif

Vamos entrar, diz Signe

e em silêncio eles se dirigem até a casa e ela abre a porta e vai até o corredor e pensa que quando criança ficava muito envergonhada por causa daquelas lajes de pedra no chão do corredor, mas agora isso não tem importância, Signe pensa, e vai até a cozinha e o médico a acompanha e atrás do médico vem Leif e ele fecha a porta da cozinha e Signe vai até a sala, o médico e Leif vão atrás dela

Ele está lá dentro, no quarto, depois da cortina, diz Signe

e o médico assente e então Leif afasta a cortina e o médico entra e Leif entra no quarto depois do médico e isso é terrível, Signe pensa, é insuportável, ela pensa e vai para a cozinha, agora é ela quem está precisando de um cigarro, Signe pensa, e ela vai até a bancada da cozinha e pega o pacote de tabaco do Johannes pai e o abre, pega um papel, pega um bom punhado de tabaco e enrola um cigarro e então pega um fósforo e acende o cigarro e

89

então lá está Signe parada diante da janela da cozinha fumando e com o olhar perdido na escuridão e ela pensa que agora Johannes pai se foi, não, que coisa terrível, mas ele já estava mesmo bem velhinho, e viveu bem, mas ainda assim, que agora tenha partido para sempre é ruim demais, Signe pensa, não, é horrível, Signe pensa, e então ouve passos e vê que o médico entra na cozinha

Está fumando, diz ele

Estou, diz Signe

Ele está morto, sim, diz o médico

Morreu serenamente enquanto dormia, diz ele

Deve ter sido ontem à noite ou talvez hoje cedinho, diz ele

Hoje cedinho, sim, diz Signe

Mas ele nem tentou se levantar?, diz ela

Pelo visto não, diz o médico

Provavelmente morreu dormindo, diz ele

Pois bem, não tenho muito mais o que fazer aqui, diz ele

Claro que é triste, mas ele teve uma vida longa, diz ele

Sim, diz Signe

Não há mais o que eu possa fazer, diz o médico

Sim, muito obrigada, diz Signe

e ela vê Leif entrando na cozinha e ele olha para o médico

Eu o acompanho até lá fora, diz Leif

e ele vai na direção da porta da cozinha e a abre e o médico passa e Leif acompanha o médico e Signe põe o cigarro no cinzeiro e vai até a sala e entra no quarto e lá vê Johannes pai deitado e com o semblante tranquilo, quase como se dormisse, Signe pensa, e ela o segura pela mão, quase como quando eu era criança, Signe pensa, e sente a pressão atrás dos olhos e os olhos marejam e Signe sente os dedos compridos e ásperos de Johannes pai e vê que estão azulados em torno das unhas e é tarde de domingo e Johannes pai a leva a algum lugar, eles vão pela estrada e Johannes pensa que agora Peter não deve mais demorar, ele iria cortar o cabelo de Peter hoje à noite, eles combinaram assim, Johannes pensa, mas ele não pode ficar sentado aqui no banco do jardim de Peter o tempo inteiro, por mais que seja uma noite de verão clara e agradável e agorinha mesmo ele viu o carro do genro passando, para onde ele estava indo, Johannes pensa, mas aqui sentado ele não pode mais ficar, isso está decidido, Johannes pensa, e ele se levanta e lá longe vem o carro de Leif voltando e ao lado dele no banco do carona está a caçula Signe, como é que pode ela não o ter reconhecido, não ter respondido quando ele falou com ela, não, isso foi muito ruim, Johannes pensa, e se foi por alguma diferença que houvesse entre eles é melhor ele ir até a casa dela tomar satisfação, eles têm que resolver isso, Johannes pensa, e ele deveria fazer isso agora mesmo, se ao menos não tivesse marcado esse compromisso com Peter, Johannes pensa, e ele pensa que aqui não pode mais ficar esperando, talvez ele devesse bater na porta de Peter mais uma vez, talvez ele estivesse em casa repousando depois do jantar quando Johannes bateu na porta, pode muito bem ter sido isso, Johannes pensa e ele se levanta e vai até a entrada da casa de Peter e bate na porta, uma vez, duas vezes, várias vezes, mas nada se ouve e então Johannes ouve passos atrás de si e não é que lá está Peter

Finalmente você chegou, Peter, diz Johannes

e Peter se endireita

Agora você tem que vir, Johannes, diz ele

Não vamos entrar para eu cortar seu cabelo?, diz Johannes

Não não, diz Peter

Achei que tivéssemos combinado assim, diz Johannes

Não, você não pode mais cortar meu cabelo, diz Peter

e então Peter levanta a mão e a passa pelo cabelo como se não tivesse cabelo nenhum ali

Entende?, diz Peter

Não estou entendendo nada, diz Johannes

Você está morto agora, Johannes, diz Peter

e Johannes olha para Peter e é um choque o que ele acabou de dizer, que ele está morto

Estou morto?, diz Johannes

Você está morto também, Johannes, diz Peter

E como eu sou seu melhor amigo, tive que vir ajudar você, diz ele

Me ajudar?, diz Johannes

e Peter assente com a cabeça

Você está morto deitado na cama em casa, Johannes, diz Peter

Então é isso, diz Johannes

É, diz Peter

Venha agora, Johannes, diz ele

e Johannes vai com Peter e Johannes e Peter atravessam a estrada

Vamos rumo ao poente, para a baía?, diz Johannes

Sim, diz Peter

O que vamos fazer lá?, diz Johannes

Vamos viajar, você e eu, diz Peter

Vamos, diz Johannes

Vamos subir a bordo do meu pesqueiro, e então viajaremos para outro lugar, diz Peter

Você que manda, diz Johannes

Deixa comigo, diz Peter

e Johannes pensa mas o que é isso agora, não, ele não

está entendendo nada, pois hoje ele não estava com Peter recolhendo as armadilhas de caranguejo, e não foram até a cidade e atracaram no cais para tentar vender o caranguejo, mas não venderam caranguejo nenhum, exceto uma sacola plástica cheia de caranguejos que Peter entregou à velha comadre Pettersen, ou melhor Peter largou essa sacola ali no cais e logo depois ela veio buscar a sacola afinal, logo depois que eles decidiram voltar para casa foi que a velha comadre Pettersen apareceu, tudo isso aconteceu, mas então ele também estaria morto

Agora você também está morto, diz Peter

Hoje cedinho você morreu, diz ele

E como eu sou seu melhor amigo, fui enviado para buscá-lo, diz ele

Mas por que fomos apanhar caranguejos?, diz Johannes

Você tinha que se despedir desta vida, alguma coisa tínhamos que fazer, diz Peter

Então é isso, diz Johannes

É isso mesmo, diz Peter

e eles viram à direita e começam a caminhar pela estrada encoberta pelo mato na direção da baía

Mas eu consigo ver você, diz Johannes

Recuperei meu corpo para poder vir buscar você, diz Peter

Mas agora vamos nós dois a bordo do pesqueiro e então vamos viajar, diz ele

Para onde vamos?, diz Johannes

Mas você continua perguntando como se ainda estivesse vivo, diz Peter

Para lugar nenhum?, diz Johannes

Não, para onde vamos não é lugar nenhum, e por isso mesmo esse destino não tem nome, diz Peter

É perigoso?, diz Johannes

Perigoso não, diz Peter

Perigoso é uma palavra, e para onde vamos não existem palavras, diz Peter

Vai doer?, diz Johannes

Não existem corpos lá aonde vamos, então não existe dor, diz Peter

Mas a alma, lá a alma sente dor?, diz Johannes

Não existe você nem eu lá para onde estamos indo, diz Peter

E lá é bom?, diz Johannes

Não é bom nem ruim, mas é espaçoso e tranquilo e vibra um pouquinho, e é iluminado, se eu posso me expressar com palavras que não dizem muito, diz Peter

e Johannes olha para Peter e vê que Peter sorri por trás do cabelo grisalho que agora está ainda mais comprido, escorre abaixo dos ombros o cabelo de Peter que agora está forte e saudável e é como se uma luz dourada brilhasse atrás da cabeça dele

Mas você, Peter, mas você, diz Johannes

e Peter e Johannes vão lado a lado na direção da baía e então, de repente, sem que tivessem embarcado no pesqueiro de Peter, eles simplesmente estão a bordo do pesqueiro, e então, nesse mesmo instante, os dois já estão navegando pela baía

Agora você não devia ficar olhando para trás, diz Peter

Agora olhe para o céu e preste atenção nas ondas, diz ele

Você não está mais ouvindo o barulho do motor, está?, diz ele

Não, diz Johannes

E não está mais com frio, diz ele

Não, diz Johannes

E nem está mais com medo, diz Peter

Não, diz Johannes

E a Erna, ela está lá?, diz Johannes

Tudo que você gosta está lá, tudo que não gosta não está, diz Peter

Então minha irmã Magda também está lá?, diz Johannes

Claro que sim, diz Peter

Ela morreu ainda criança, diz Johannes

Sim, acontece, diz Peter

Claro, diz Peter

e Johannes olha para o alto e vê que o pesqueiro de Peter acertou o curso para o mar aberto na direção do poente

Vamos para o mar, mesmo com essa ventania e essa tempestade?, diz Johannes

Podemos ir, diz Peter

e Johannes vê que eles se aproximam dos penedos de Storeskjer e Vesleskjer, o maior e o menor, e nunca Johannes tinha se aventurado rumo ao poente sob um tempo como este, porque venta muito e os vagalhões sacodem o pesqueiro de Peter e então não é mais no pesqueiro de Peter que eles estão, mas num barco, e estão no mar, e o céu e o mar são um só e o mesmo e o mar e as nuvens e o vento são um só e o mesmo e então tudo é um como água e luz e lá está Erna e os olhos dela brilham e a luz dos olhos dela é também como todo o resto e então não se pode mais ver Peter

Sim, agora estamos no caminho, diz Peter

e tanto Peter como ele são ele mesmo e ao mesmo tempo não são, tudo é um e ao mesmo tempo diverso, é um e ainda assim é separado, tudo é separado e sem separação e tudo está calmo e Johannes se vira e ao longe, bem ao longe, lá embaixo ele vê Signe, a sua amada Signe, lá embaixo, bem lá embaixo está a querida filha caçula Signe e Johannes se enche de amor por Signe que está lá embaixo segurando a mão da filhinha Magda e em volta de Signe estão seus outros filhos e todos os netos e vizinhos e amigos queridos e o pastor está lá e então o pastor apanha um punhado de terra e Johannes repara nos olhos de Signe e a luz que viu nos olhos de Erna também reluz neles e ele vê toda a escuridão e o mal terrível que também existe lá e ele

A coisa está feia lá embaixo, diz Johannes

Agora as palavras deixarão de existir, diz Peter

e Peter fala com uma voz muito firme

e Signe vê o pastor jogar a terra sobre o caixão de Johannes e ela pensa que você foi um sujeito e tanto, querido Johannes pai, um homem único e especial, e também muito bom, e teve uma vida difícil, eu sei, todas as manhãs você vomitava assim que acordava, mas era um homem bom, Signe pensa, e olha para cima e vê nuvens brancas no céu e contempla o mar tão calmo hoje azul-claro e cintilante, Signe pensa, ô Johannes pai, ô Johannes pai

LIBRETO

OLAI
A PARTEIRA
JOHANNES
ERNA
SIGNE
PETER

I

Uma casinha simples, uma porta, uma cama

OLAI
Por que está tudo tão quieto lá dentro
lá dentro do quarto
tão inexplicavelmente quieto
o que essa quietude quer dizer
não se ouve um ruído
tanto a minha amada Signe*
e a velha parteira Anna
estão lá dentro

* No romance original, a esposa de Olai se chama Marta e não Signe.
A troca do nome é discutida em detalhes no posfácio desta edição. [N.E.]

o que isso quer dizer
o que está acontecendo
pois quando nasce uma criança
não é essa calmaria
isso até eu sei
mesmo sendo homem
pausa muito breve
mas agora
ouvi algo
lá dentro do quarto
algo se ouve
uma voz disse algo
Signe disse algo
minha amada esposa Signe
ela disse algo
ou foi a velha parteira Anna
quem disse algo
pausa muito breve
tudo está quieto
nenhum ruído
pausa muito breve
não haverá de ser nada errado
será que posso perguntar como vão as coisas
por que este silêncio todo
agorinha mesmo a velha parteira Anna
abriu a porta
e me pediu
uma toalha sei lá
ou mais água
isso não faz nem quinze minutos
e agora
este silêncio terrível
pausa muito breve

algo só pode estar errado
pausa muito breve
um menino vai nascer
vai chegar vivo
a este mundo vil
e já está decidido
como irá se chamar
ele vai se chamar Johannes
Johannes
será seu nome
pausa breve
no escuro e no calor da barriga de Signe
ele cresceu forte e saudável e bem
de um nada
ele se transformou numa pessoa
num homenzinho
com dedos e pés e rosto
olhos e cérebro
e um pouco de cabelo
e agora ele
um grito de mulher; pausa breve
virá a este mundo frio
e estará sozinho
separado da Signe
separado de todos os outros
ele estará sozinho sempre sozinho
e então
quando a hora dele chegar
voltará ao lugar de onde veio
do nada ao nada
um grito de mulher; pausa muito breve
essa pressão na cabeça
e o escuro não é mais vermelho e macio

e todos esses sons
essa pulsação contínua
ta ta a a a a
pausa breve
pois Deus existe sim
mas lá longe e aqui bem pertinho
também no indivíduo Ele está
existe um Deus
mas Ele está bem distante
e Ele está bem próximo
um grito de mulher; pausa
e ah então eh e o barulho
rugindo o sussurro
os sons do velho rio e o balanço
ah eh ah ah eh ah
a água e
um grito de mulher
eh ah tudo é sim shh shh shh junto
shh e a pedra de amolar
e tudo que se separa
e doem os braços e as pernas
em tudo que é nos dedos que se entrelaçam
e tudo a água tranquila
e as vozes eh
ah ah eh ah ah ah eh ah sim ah
e então essa luz de dentro e do fundo
tudo está em outro lugar
mas esse zumbido e então um som
e alguém o expele de si
como se em algo
e então mãos e dedos nos dedos entrelaçados
numa antiga casa de água
e estrelas brilhantes que se afastam

e se aproximam
e vêm
e nenhuma coisa é nítida
mas perpassa tudo um clarão
como se viesse de uma estrela
um choro de criança
e então como um significado
uma brisa este sopro um sopro tranquilo
e então uma calma calma movimentos serenos
e o tecido a brancura macia
e não escuro e vermelho
mas seco e terrivelmente calmo
e então uma mão
e então a maciez macia
exatamente como o vermelho e escuro e macio e quente e
então macio e branco e quente
e firme e branco
A parteira abre a porta

A PARTEIRA
Agora chegou seu filho Olai
um menino tão lindo
Agora chegou seu filho
Um menininho perfeito
Olhe como ele é lindo
pausa breve

OLAI
Eu ganhei um filho

A PARTEIRA
Sim você ganhou um filho

OLAI
E ele vai se chamar Johannes

A PARTEIRA
Que belo nome
Johannes ele vai se chamar

OLAI
Eu ganhei um filho

A PARTEIRA
Um menino formoso
E tudo está bem
com ele e com a mãe
com ele e com a Signe
Você agora é o pai
de um formoso menino
pausa
Mas não fique aí parado
Precisa dizer alguma coisa
Não está feliz

OLAI
Sim claro que estou feliz

A PARTEIRA
Um menininho formoso

OLAI
E vai se chamar Johannes
e ser pescador

A PARTEIRA
Agora Johannes nasceu
ouviu Olai
você ganhou um filho
E tudo correu bem
bem e sem problemas
Mãe e filho passam bem
a Signe e o Johannes

OLAI
Eu ganhei um filho

A PARTEIRA
E agora eles têm que descansar
porque fizeram muito esforço
tanto mãe como filho
pausa muito breve
pois não é fácil nascer
e nem é fácil parir
pausa muito breve
agora eles precisam descansar
a Signe e o Johannes

OLAI
Obrigado por tanta ajuda

A PARTEIRA
Agradeça antes a Deus
pausa muito breve
Mas agora
agora seja homem
e venha ver seu filho
veja seu próprio filho

OLAI
Signe está bem

A PARTEIRA
Está tudo bem com ela
com ela e com a criança
Mas agora você deve vir
Não tem coragem

OLAI
Está tudo bem com a Signe

A PARTEIRA
Ela só está cansada
você nem faz ideia
Cansada
muito cansada

OLAI
Tudo vai estar bem sim
para o pequeno Johannes
Ele vai se chamar Johannes
como meu pai
E vai ser pescador
Pescador assim como eu
e como foi meu pai

A PARTEIRA
Um filho formoso você ganhou
e tudo correu bem
Agora você deve vir vê-lo
não podemos ficar aqui parados
por que não vem

OLAI
Eu já estou indo

A PARTEIRA
Por que você não vem

OLAI
Já estou indo

A PARTEIRA
Não precisa ter medo
o filho
Johannes
é saudável e formoso
e Signe está bem
seu filho está bem
encontrou seu lugar na vida agora
pausa muito breve
Agora venha
A parteira segura Olai pelo braço e o leva consigo ao quarto, e nesse instante

II

entra Johannes, ele se deita na cama; pausa longa

JOHANNES
Estou desperto
Ou dormi
Me sinto tão estranho
tão rígido e alquebrado
pausa muito breve
me levantei
ou continuo deitado na cama
pausa muito breve
a vontade é de ficar aqui deitado
porque lá fora é o de sempre
mais um dia cinza e frio
pausa muito breve
que tempinho
mais frio e azedo
pausa muito breve
chuva e cerração
venta e o céu está cinza

e garoa e congela
é isso
pausa muito breve
é assim todo dia nessa época do ano
e o que mais posso fazer hoje
não posso passar o dia enfurnado em casa
porque tudo ficou medonho
depois que a Erna morreu
depois que de repente
morreu e se foi
apenas partiu
entra Erna
De repente ela se foi
e tudo foi diferente
tão diferente

ERNA
Não estou mais aqui
eu parti
estou em outro lugar
apenas parti

JOHANNES
Erna partiu
simplesmente morreu
então fiquei só
e tudo mudou
pausa muito breve
é como se o calor não voltasse mais
à nossa casa
depois que ela morreu
fica em pé
claro que posso pôr lenha na lareira

mas não importa o tamanho da chama
não importa quanta lenha eu ponha
aqui não aquece
e não importa quantas velas acenda
aqui não clareia
pausa muito breve; vem Signe
mas não se pode simplesmente desistir
pois alguma coisa ainda é boa
alguma coisa simplesmente é boa
pausa muito breve
mas não longe daqui
mora minha filha Signe
minha querida caçulinha Signe
que tem o mesmo nome da minha mãe
a minha boa mãe

SIGNE
Pai
Querido velho pai
Está tudo bem
Tudo bem com você hoje

JOHANNES
E ela
minha querida filha Signe
ela vem me ver
todos os dias

SIGNE
Pai
Está tudo bem
Está tudo bem com você

JOHANNES
Minha querida filha Signe
Todos os dias
ela vem aqui
ela bate na porta
ela entra

SIGNE
Pai
está tudo bem com você

JOHANNES
Ela fica aqui um tempinho
Ela conversa comigo
e então volta para casa
para sua própria casa

SIGNE
Pai
meu bom pai
está na hora de voltar para casa

JOHANNES
Obrigado pela visita

SIGNE
É sempre bom encontrar você
e conversar um pouco
com você

JOHANNES
Então nos falamos amanhã

SIGNE
Sim nos falamos amanhã

JOHANNES
Minha boa filha Signe
a filha mais nova
todo dia vem me ver

SIGNE
Então nos falamos amanhã

JOHANNES
E aí fico eu aqui nesta cama
e me ponho a reclamar
e não me firmo nos pés
não isso não pode
ele se levanta da cama, fica em pé ao lado da cama
mas estou me sentindo muito leve
tão leve como o ar
é como se eu não tivesse
mais peso
pausa muito breve
não isso é estranho
eu me sinto tão leve
tão leve como o próprio ar

ERNA
Agora você está leve como o ar
querido Johannes meu
agora você está leve como o ar

SIGNE
Eu volto

amanhã
para ver você

JOHANNES
Estou leve como o ar
Me levantei
saí da cama
e não senti dor
leve como se pode ser
leve como se eu fosse uma criança
leve como quando eu era criança
ele começa a andar em volta
Meus passos são leves
como se eu ainda fosse um menino
e não sinto mais dores
nos pés
e não me doem mais
os joelhos
Tudo é tão leve
leve como uma brincadeira
Não estou entendendo nada
Tudo é tão leve
como se voltasse à infância
pausa; ele para, cambaleia um pouco, equilibra-se
oscilando de um lado a outro
Como posso me sentir tão leve
É quase como se não pudesse ficar em pé
pausa muito breve
como se eu fosse de ar e vento e nada
leve muito leve
tanto de corpo
quanto de mente

SIGNE
Está tudo bem
meu velho e bom pai
Está se sentindo bem

JOHANNES
E a sala não está tão fria
Não sei por quê
pois todas as manhãs faz tanto frio aqui
até eu acender a lareira
é sempre muito frio aqui
mas hoje não
pausa muito breve
e não parece que faz calor lá fora
pausa muito breve
não está nem frio nem quente
na sala de casa
pausa muito breve
está simplesmente agradável
como se fosse uma manhã
de verão
pausa muito breve
e agora talvez eu devesse comer algo
mas fome não sinto
pausa muito breve
não estou entendendo nada
pausa
se ao menos a Erna cá estivesse
como seria melhor então
viver
uma alegria era
enquanto Erna cá estava
pausa muito breve

é como se toda alegria
fosse embora
com ela
pausa muito breve; ele olha de lado
mas ali
pausa muito breve
mas ali
mas ali
não é a Erna quem está ali
pausa breve
não é possível
porque ela já morreu
ela não é mais viva
ela não pode
apenas estar ali
igual a quando estava viva
pausa breve
não isso não pode
não é possível uma coisa dessas
é você Erna

ERNA
Sim sou eu

JOHANNES
Não é você
não pode ser você

ERNA
Mas sou eu

JOHANNES
Não é você

Não tem como ser você
Não pode ser

ERNA
Mas sou eu

JOHANNES
O que se passa comigo
A Erna morreu
Não eu preciso parar com isso
Peter entra, seus cabelos brancos estão desgrenhados
Agora vou subir a bordo do meu barco
Dar uma volta pelo mar
E vou pescar
E talvez eu possa ir com o Peter
Posso perguntar a ele
Tantas vezes eu e ele fomos
pescar juntos
Não como posso pensar assim
porque o Peter já morreu
O que se passa comigo

PETER
É você aí Johannes
Vamos dar um passeio
no mar

JOHANNES
Peter está morto
E a Erna já morreu
O Peter não pode estar aqui
O que se passa comigo

PETER
Vamos dar um passeio
e pescar juntos
como nos velhos tempos
passávamos os dias pescando
você Johannes
e eu

JOHANNES
Sim
é verdade

PETER
Nós éramos pescadores

JOHANNES
Eu sou um pescador
a vida inteira fui pescador

PETER
Eu e você somos pescadores

JOHANNES
Estou conversando com Peter
mas ele já não morreu
o que se passa comigo
tudo está mudado
desde que a Erna se foi
e agora
interrompe-se; pausa breve
não nada mais é bom
depois que a Erna morreu
de repente ela se foi

ERNA
Eu parti
E cá estou

JOHANNES
Não devo mais pensar
na Erna
ele olha para a cama
Mas a cama ali
tão leve parece
e parece
que flutua
parece até
que não tem peso
ela
é simplesmente leve
é assim que parece
não isso eu não estou entendendo
isso não é para entender
pausa muito breve
mas o que se passa comigo
olhando assim para uma cama
por que fazer isso
ficar assim pensando coisas
sem sentido
pausa muito breve
e eu e a Erna que deitávamos ali
ali na nossa cama
e então ela deitou ali morta

ERNA
Eu parti
Eu morri

meu bom marido
meu bom Johannes meu

JOHANNES
Erna se foi
mas a cama lá está
as pessoas se vão
e as coisas elas permanecem

ERNA
Meu bom Johannes
Meu querido marido

JOHANNES
E por que me sinto
tão leve
tão leve no meu corpo
pausa muito breve; olha em volta
e tudo que vejo parece dourado
não coisa assim eu nunca tinha visto
é estranho
tudo coberto de uma camada dourada
tudo está como é
e tudo é como se diferente fosse
as coisas são coisas comuns
mas ganharam valor e se tingiram de ouro
e ganharam peso
como se pesassem muito mais do que são
e ao mesmo tempo
não tivessem peso
pausa muito breve
não estou gostando nada disso
pausa muito breve

porque tudo está como sempre foi
só eu que estou percebendo diferente
e não gosto nada disso
as coisas estão ali com o peso
de tudo que já foram
e ao mesmo tempo é como se não tivessem peso
como se ficassem ali imóveis
e ao mesmo tempo flutuassem
e eu esse velho maluco
aqui pensando assim
olhando para as coisas mais comuns
de um jeito
como se não existissem

PETER
Vamos dar uma volta
e pescar juntos

JOHANNES
Vamos
precisamos ir sim
Então vamos para a baía
rumo ao poente

PETER
Pois então vamos

JOHANNES
para Erna
Agora vou para a baía rumo ao poente

ERNA
Tome cuidado

JOHANNES
Vou tomar cuidado

ERNA
Se ventar forte
volte para a terra

JOHANNES
Pode deixar

PETER
Agora vamos para a baía rumo ao poente
Johannes caminha em círculos, para e olha para Peter

JOHANNES
Mas o Peter
mas
será que ele não parece
diferente
ou é o mesmo
nunca ele teve essa aparência
está mais pesado
e parece preso ao chão
e ao mesmo tempo parece tão leve
como se fosse flutuar a qualquer momento
para cima pelo céu aberto
como se não fosse
nada estranho
fazer assim
mas Peter está morto
E assim mesmo está aqui
pausa breve
E por acaso

minha mão não está um pouco dormente
como se a mão quisesse adormecer
sim ela quer
Johannes ergue o braço e mal consegue erguê-lo, e então
examina as mãos e os dedos e percebe que a extremidade
dos dedos em volta das unhas está ficando arroxeada
Não
Não o que é isso agora
Meus dedos
pausa muito breve
estão tão enrijecidos
e estão ficando azuis
Johannes tenta sacudir as mãos e mal consegue
E o rosto
pausa muito breve
também não está um pouco dormente
um pouco rijo
como se estivesse um pouco rijo
Johannes apalpa o rosto cuidadosamente com a mão
Sim
sou eu
O que se passa comigo
Vai ver é só impressão
Agora vou até a baía, no poente
Agora vou até meu barco
meu bom e velho barquinho
um bom e velho barquinho
vou dar uma volta
pelo mar
e pescar

PETER
Agora vamos zarpar

JOHANNES
Agora vamos zarpar

PETER
Como tantas vezes antes
Agora vamos pescar

JOHANNES
Se eu pegar alguma coisa
irei até a cidade
vender esse pescado

PETER
Não é assim
Você não pode
Não pode mais ser assim

JOHANNES
O peixe que eu fisgar
eu vou vender

PETER
Você não pode

JOHANNES
Vou atracar no cais da cidade
vender o peixe

PETER
Você não pode

JOHANNES
Então não posso

PETER
Não pode não
pausa; Johannes para e olha em volta, protege os olhos
com a mão

JOHANNES
Mas como o mar está calmo
hoje
com o mar calmo assim
eu vou
me aventurar bem longe rumo ao poente
mas ali
não é o Peter quem está ali na praia
evidente que é o Peter
então vou ali conversar com ele
pausa muito breve
Mas olhe só se não é o Peter quem está aqui

PETER
Está na hora de você se decidir

JOHANNES
Ei Peter
Ei Peter
como vão as coisas
hein Peter

PETER
Tudo na mesma
Comigo sempre é tudo meio parado
mas eu devia cortar esse cabelo

JOHANNES
É verdade mesmo
seu cabelo encompridou e encaneceu
está desgrenhado e ralo
descendo até os ombros

PETER
É mesmo nunca esteve tão comprido

JOHANNES
Não
Que vergonha eu não ter ido cortar seu cabelo

PETER
Já economizamos muito cortando o cabelo um do outro

JOHANNES
Nem me fale

PETER
Mas agora você precisa cortar

JOHANNES
O cabelo está descendo até os ombros

PETER
É mesmo

JOHANNES
Pode deixar que eu corto

PETER
Pode cortar

JOHANNES
Já faz um tempão
que cortamos o cabelo um do outro

PETER
É mesmo deve fazer uns quarenta anos

JOHANNES
É mais
acho que já se vão quase cinquenta
Estou vendo que você precisa de um corte
Seu cabelo está descendo até os ombros
Faz muito tempo desde a última vez que cortei
Não agora eu tenho que ir até sua casa
cortar seu cabelo

PETER
É mesmo, você deve vir
Erna se dirige a Johannes

ERNA
É você Johannes

JOHANNES
É você Erna

ERNA
Claro que sou eu
Estava tão preocupada
começou a ventar
e ficou tudo escuro
e não sabia se você ainda
estava lá no mar

JOHANNES
Não eu voltei para a terra
antes de a ventania começar

ERNA
Aqui
me dê cá a sua mão
Johannes segura Erna pela mão

JOHANNES
Mas por que a sua mão está tão fria

ERNA
Está tão fria assim

JOHANNES
Está
está terrivelmente fria
Erna e Johannes se aproximam; pausa
Agora tudo me parece
bom e seguro
como tantas vezes foi
como deve ser
como deve ser por toda a eternidade
pausa breve

ERNA
Quando chegarmos em casa vou passar um cafezinho

JOHANNES
Vai cair muito bem

ERNA
Vai sim
pausa breve

JOHANNES
E a mão da Erna
ela está tão fria
Mas por mais que esteja fria
a mão está lá
E a Erna está lá
estou ouvindo a voz dela
e também posso vê-la
pausa breve
Você está aí Erna
Ela não responde e ele a segura forte pelo punho
Erna
agora você tem que responder
Me responda já Erna
Não vai me responder Erna
Johannes solta a mão dela e Erna se afasta
Onde está você Erna
Não pode me responder
Você estava aqui agorinha
mas sua mão estava fria
Erna se afasta ainda mais dele
Me responda Erna
Não pode
me responder
Antes você sempre estava aqui
E eu sentia o toque da sua mão
Conversava com você
O que aconteceu com você Erna
Por que você simplesmente desapareceu

e partiu
pausa breve
Erna se foi
só ficou eu
estou sozinho
Erna está morta
para sempre
a Erna partiu
pausa
E o Peter
sim preciso então ir até o Peter
pois vou cortar
aquele cabelo comprido dele
Faz um tempão
que já não corta
pausa muito breve
Então agora
agora vou até o Peter
cortar o cabelo dele sim
Peter olha para Johannes, que começa a andar, mas na direção oposta à dele, olhando para Signe, e ela começa a se aproximar do pai
Mas ali
ora se não é Signe
a minha boa filha Signe
tão boa e gentil
tão boa e gentil
quanto a minha mãe
que também se chama Signe
todos os dias
ela vem me ver
a minha boa filha Signe
que vem me ver

Johannes e Signe caminham um para o outro
Minha boa Signe
todos os dias
é tão bom
encontrar com você
e conversar um pouco
pausa muito breve
mas por que essa cara de preocupação
e você vem caminhando até mim
e é como se não
me visse
você não olha para mim
você passa por mim
esbarra em mim
será que não me vê
e por que parece
tão aflita
por que não me vê
o que pode significar isso
Johannes para e Signe continua indo na sua direção
por que não me vê
o que pode significar isso
por que não vê que eu
estou bem aqui na sua frente
não o que está acontecendo com você
por que não reparou em mim
pausa breve
gritos
Signe Signe ei Signe
Signe segue adiante
Signe
não me vê

Estou aqui
seu pai Johannes
é ele quem está aqui
mas então você não me vê
Signe Signe
me responda
não pode me responder
Johannes começa a ir de encontro a Signe
Signe
não está me vendo
por que não me responde
será que fiz algo de errado
por que não quer
me ver
você está vendo que é o seu pai
minha boa filha Signe
não está me vendo
Signe vai na direção de Johannes, como se não o enxergasse,
e ele rapidamente se afasta, ela segue em frente
Signe Signe
Signe para de repente; parece muito assustada
Por que está com tanto medo
Não está me vendo
É o seu pai
Estou falando com você
Não está me ouvindo
Não está me vendo
Signe Signe
você não me vê
O que está acontecendo com você
Por que passou direto por mim

SIGNE
Agora mais essa
isso
não é possível
pausa muito breve
alguma coisa veio na minha direção
o que pode ter sido
algo veio de encontro a mim
e não foi embora
eu tentei desviar
mas continuou vindo
e então parou
bem diante de mim
então eu atravessei
bem no meio
e era tão frio
era tão insuportavelmente frio
porque veio bem na minha direção
não tive escolha a não ser ir em frente
e por isso fui
atravessei algo
algo tão frio
algo tão terrivelmente frio
mas não doeu
não doeu nem um pouco
só era frio
frio de um frio inclemente

JOHANNES
Signe Signe
por que não me vê
e por que não me responde
quando falo com você

SIGNE
E o que pode ter acontecido com meu pai
o bom Johannes pai
liguei para ele várias vezes
de novo e de novo
mas ele não atende
por que não atende
estará doente
não é possível que tenha ido dormir
e morrido
claro que eu deveria
ter vindo vê-lo antes
mas estava trabalhando
imagine só se o Johannes pai estiver deitado no chão
e só agora
eu consegui chegar para ajudá-lo
não isso é ruim demais

JOHANNES
Signe Signe
por que você se afasta de mim

SIGNE
E essa coisa vindo na minha direção
sem querer se desviar
apenas vindo e vindo de encontro a mim
e quando eu me desviei
ela também se desviou e ficou no meu caminho

JOHANNES
Signe Signe
por que você se vai de mim

SIGNE
E então aquilo passou
através de mim

JOHANNES
Signe Signe
o que foi
Signe Signe
me responda já
pausa; Johannes vê Signe se afastando dele
Não isso é muito cruel
é cruel demais
Signe nem me vê nem me ouve
é tão cruel

PETER
Johannes
Agora você tem que vir
Estou esperando
Você demorou demais
Agora tem que vir

JOHANNES
Onde você está Peter
Está aí Peter
Preciso cortar seu cabelo

SIGNE
E lá estava eu diante da porta
da casinha
da casinha da minha infância
abri a porta e entrei
e senti uma tristeza

uma tristeza imensa
e agora o bom e longínquo Deus
que me acuda
pausa muito breve
Johannes pai
eu disse
Está aí
Johannes pai
eu disse
É a Signe
sua filha caçula
Agora me responda Johannes pai
Não pode me responder
Johannes pai
Então achei que devesse
entrar no quarto
mas não porque quisesse saber
eu já tinha certeza
que o Johannes pai estava morto
e abri a porta
Signe abre a porta, olha lá para dentro
e espiei
e lá na cama
naquela penumbra
pausa breve
de olhos fechados
e boca entreaberta
com o cabelo ainda espesso e desgrenhado
para todos os lados
lá jazia o Johannes pai
então levei a mão
à testa dele
Signe entra e para ao lado da cama

e a testa estava tão fria tão fria
tão assustadoramente fria
nunca senti
algo tão frio
tão infinitamente frio

JOHANNES
Peter
Onde está você
Nós combinamos
de eu cortar seu cabelo

PETER
Estou aqui
Não está me vendo
Johannes se vira e olha para Peter

JOHANNES
Finalmente você está aí Peter

PETER
Agora venha Johannes

JOHANNES
Não vamos cortar seu cabelo

PETER
Não não

JOHANNES
Achei que
interrompe-se

PETER
Não você já não pode cortar meu cabelo Johannes

JOHANNES
Você está precisando de um corte

PETER
Você não pode cortar meu cabelo

JOHANNES
E por que não

PETER
Você agora também está morto Johannes

JOHANNES
Estou morto

PETER
Você agora também está morto Johannes
E como eu era seu melhor amigo
vim aqui lhe dar uma mãozinha

JOHANNES
Me dar uma mãozinha
Peter assente

PETER
Você agora jaz morto na sua casa Johannes

JOHANNES
Então eu morri

PETER
Sim
pausa muito breve
então agora venha Johannes
Johannes vai até Peter e eles partem juntos

JOHANNES
Vamos até a baía rumo ao poente

PETER
Sim

JOHANNES
Fazer o quê lá

PETER
Vamos partir
você e eu

JOHANNES
Vamos

PETER
Vamos no meu barco
e então viajaremos para outro lugar

JOHANNES
Você é quem manda então

PETER
Preciso fazer assim
Johannes para e Peter segue em frente; pausa
Agora você está morto Johannes

Hoje cedinho você morreu
E como eu era seu melhor amigo
me mandaram vir buscá-lo
Mas antes você tinha que se despedir da vida

JOHANNES
Então é isso

PETER
É isso mesmo
Então agora venha
Johannes vai até Peter

JOHANNES
Mas eu posso vê-lo

PETER
Recobrei meu corpo
para poder vir buscar você
pausa muito breve
mas agora vamos para o barco
e então zarparemos

JOHANNES
Para onde vamos

PETER
Mas agora você está perguntando
como se ainda vivesse

JOHANNES
Para lugar nenhum

PETER
Não para onde vamos
não é lugar nenhum
e por isso mesmo não tem um nome

JOHANNES
É perigoso

PETER
Perigoso não
Perigoso é uma palavra
mas palavras não existem
para onde vamos agora

JOHANNES
Vai doer

PETER
Não existem corpos lá aonde vamos agora
então não existe dor

JOHANNES
Mas a alma
lá não dói na alma

PETER
Não existe você e eu lá aonde vamos agora

JOHANNES
É bom estar lá

PETER
Não é bom nem ruim

mas é espaçoso e tranquilo e vibra um pouquinho
e é iluminado
se é que eu posso me expressar com palavras
que não dizem muito

JOHANNES
Mas Peter mas Peter

PETER
Agora não olhe mais para trás
Peter passa o braço em volta dos ombros de Johannes
agora olhe apenas para o céu
e escute o vento
E eu sei que você não está com medo

JOHANNES
Não
pausa breve
Mas a Erna
ela está lá

PETER
Tudo que você gosta está lá
tudo que você não gosta
não está

JOHANNES
Então a minha mãe Signe
também está lá

PETER
Sim

JOHANNES
E o meu pai Olai

PETER
Sim ele também está lá
Johannes vai até a cama

JOHANNES
E tanto Peter como eu somos nós mesmos
e ao mesmo tempo não somos
tudo é um e ao mesmo tempo diferente
tudo é um
e mesmo assim neste um
tudo é separado e sem separação
e tudo é calmo
Johannes se senta na beira da cama; pausa
E lá embaixo
bem debaixo de mim lá longe
lá vejo a Signe
a querida filha Signe
ela está lá embaixo
bem lá embaixo está minha querida
filha caçula Signe
e sou inundado de um amor imenso pela Signe
A coisa está feia lá embaixo

PETER
determinado
Agora as palavras desaparecem
Johannes se deita e a cama afunda lentamente;
pausa

SIGNE
E então o pastor joga terra no caixão
do bom Johannes pai
pausa
E eu contemplo o mar e o céu
hoje azul-claro
tão azul reluz o mar
e o céu tão azul
e essa brisa suave
pausa breve
ô Johannes
ô Johannes pai
nessa brisa leve
tão azul
ô Johannes
meu bom Johannes pai
*Johannes vai e Peter o segura pela mão. Erna segura a
outra mão de Johannes. Eles saem. Signe sai depois deles*

FOSSE COMO FOSSE

Leonardo Pinto Silva
Tradutor

Um enredo que começa num parto e termina num sepultamento sob o título explícito *Manhã e noite* resultaria simplório, ou, quando menos, pretensioso e carente de imaginação, não tivesse o homem que o concebeu se notabilizado, num estilo muito peculiar, por dar voz às grandes inquietações que calam fundo em nós e nos recordam da nossa humanidade.

Antes de mais nada, peculiar porque Jon Fosse se expressa em neonoruguês (*nynorsk*), uma variante minoritária adotada por menos de vinte por cento da população e raramente presente em obras literárias que extrapolam as fronteiras nacionais. De Henrik Ibsen a Karl Ove Knausgård, todos os grandes vultos literários do país, com raríssimas exceções, recorrem ao majoritário *bokmål*, derivado direto do dinamarquês, não por acaso a "língua dos livros".

Foi, antes de uma opção estética, uma escolha política, e não é o caso aqui de esmiuçar aspectos do embate ancestral entre os abastados moradores dos centros urbanos e os fazendeiros e pescadores da costa e dos vales noruegueses, analfabetos e isolados do resto do mundo durante séculos. É como se o autor proclamasse que sua aldeia só pode ser cantada assim, nunca de outra forma.

Mas foi também uma escolha utilitária que, esteticamente, veio a calhar, na medida em que se aproxima da oralidade, a ferramenta de escolha de alguém que foi músico, dramaturgo e poeta antes de se consagrar como romancista. O neonoruguês, ou melhor, o compilado de dialetos que lhe deram origem, é um idioma tipicamente oral, uma compilação um quê artificializada de um dos falares daqueles rincões, e assim se presta melhor ao modo inventivo como Fosse explora suas possibilidades, forjando uma língua singular que depois emprega para dar forma à sua arte. "A palavra em si não basta, e na verdade diz muito pouco", justifica.

Fosse revive arcaísmos, cria expressões, torce e distorce construções sintáticas e gramaticais, ignora solenemente convenções de pontuação e reinventa o texto escrito norteando-se por essa oralidade. Ao fazê-lo, inclusive em aspectos formais, assemelha-se a dois conhecidos nossos, Guimarães Rosa e José Saramago, enquanto seus tormentos e devaneios, suas formulações circunvoltas e seu maravilhamento diante da experiência humana o aproximam também de outro expoente da língua portuguesa, aliás muito popular na Noruega atual: Clarice Lispector.

Outra marca registrada de Fosse é a reiteração, presente desde sua estreia como prosista, em 1983, com *Raudt, Svart* (Vermelho, negro, ainda inédito no Brasil). Já se veem ali algumas obsessões suas que se repetem não apenas ao longo desse texto, mas em todos os escritos posteriores: barcos, casas em ruínas, certas cores — o preto, o azul, tonalidades de cinza e em particular o lilás —, até mesmo nome de personagens e, mais que tudo, a paisagem natural da costa oeste da Noruega, em especial as ondas do mar do Norte. São essas marcas o diapasão de uma escrita singular que é um ir e vir infinito, que ora arrebenta, ora recua, com mais ou menos ímpeto, e torna a começar. É assim que *navegamos por sentenças enormes que começam numa ideia e se prolongam e retornam ao ponto inicial e desviam em digressões infinitas e se misturam a alguns devaneios dignos de registro, enquanto ou-*

tros talvez nem sejam, ele pensa e então retoma o fio da meada para novamente digressionar e às vezes desaguar num oútro tema inteiramente dissociado do primeiro sem nenhum pretexto para isso, mas será que isso vai funcionar e não seria melhor tentar dizer a mesma coisa de alguma outra maneira?

"Escrever para mim é escutar", costuma dizer um Fosse avesso a explicar o que faz e por quê. Nesse sentido, seu estilo poderia se caracterizar como algo que é e não é o puro e simples universo da escrita. Estão presentes, e isto é uma espécie de emblema seu, elementos da fala, marcadores conversacionais comumente descartados num contexto escrito, desprezo por sinais de pontuação. E, incluso nesses elementos, o silêncio recalcitrante: pausas e mais pausas, de maior ou menor duração, expressas ou não nas rubricas de cena (no caso do texto dramático) e marcantes em frases que se encerram bruscamente. E com elas nos calamos também.

Essa não é uma invenção de Fosse, por certo. Seu engenho, que lhe rendeu a consagração mundial chancelada com o Nobel de literatura de 2023, está em revisitar essa tradição atávica, caracteristicamente humana, e lhe emprestar uma nova roupagem. A cadência de seus textos, concebidos como voz impressa, para serem ouvidos antes que lidos, evoca as suratas do Alcorão, os mantras asiáticos, os aedos da Grécia clássica, a melopeia das cantigas das tribos ágrafas africanas. Essas repetições eram os recursos mnemônicos que permitiriam a essas narrativas seguir adiante e, só depois de imortalizadas na forma escrita, sobreviver até os dias de hoje. É como se Fosse proclamasse a cada vez: as grandes histórias que conhecemos e nos comovem foram primeiro — e continuam sendo! — transmitidas de boca em boca, geração após geração.

O efeito que essa leitura ritmada e repetida produz em nós, quando imergimos nela de verdade, é aquele mesmo do passado, e nos induz a uma espécie de transe, uma experiência que chega a ser meditativa, metafísica até, embalados que somos no ritmo do vaivém das ondas. Eis o pulo do gato fosseano. Foi exatamente isso que, após uma década de especulações, acabou persuadindo o comitê do Nobel, que justificou sua escolha citando que o laureado "consegue dar voz ao indizível". Esse indizível que se evidencia também na intercalação da fala dos personagens, tanto na narrativa em si como no discurso direto, às vezes até no correr das frases. Atenção, portanto: a palavra em Fosse muda de dono e nem sempre avisa quando.

A presente edição traz ao Brasil, em tradução direta do neonorueguês, não apenas uma, mas duas versões de *Manhã e noite*. Este volume anexa ao romance original, publicado em 2000, o libreto escrito pelo próprio Jon Fosse para a ópera homônima (*Morgen und Abend*, em alemão, língua em que é cantada) do compositor austríaco Georg Friedrich Haas, que estreou em Londres, na Royal Opera House, em novembro de 2015. A adaptação do romance para o mundo do canto lírico segue o exemplo do restante da obra de Fosse (sobrenome que, do norueguês, se traduz como "cachoeira" ou "torrente"): são poemas que se transformam em romances que são adaptados para os palcos e vice-versa. Seus escritos fluem e refluem como as tais ondas que o embalam e inspiram.

Desconcertantemente singela, a trama abre com um nascimento e, em rara vez na literatura, dá voz a um personagem nascituro. Sim, Fosse vocaliza um parto e o faz com maestria, capaz de transmitir a angústia e o sofrimento não apenas da mãe e do pai, mas também na perspectiva do recém-nascido: ele fala, em seu próprio idioma e em sua própria prosódia, e é compreendido. Na segunda parte da obra, a candura de Johannes já adulto — personagem que morre e nem se dá conta, ao melhor estilo do realismo fantástico latino-americano — é de tal forma arrebatadora que conquistou até personalidades como a própria embaixadora literária da Noruega, a princesa herdeira Mette-Marit, que em mais de uma ocasião declarou que *Manhã e noite* é seu livro favorito.

O enredo evolui num mosaico de cenas, intercalando saltos temporais com reminiscências, introduzindo personagens que morrem e não morrem. Somos apresentados, entre outros, a Olai e à mulher Marta, à parteira Anna, ao bebê Johannes, mais tarde idoso já com a esposa Erna e sua filha Signe, ao fiel amigo de pescaria Peter, ao zeloso sapateiro Jakop, à comadre Pettersen, que costuma, ou costumava, comprar os caranguejos que traziam no barco (e tem o mesmo nome — seria a mesma pessoa? — de outra Anna, a parteira). É comovente perceber a reação de cada um deles quando finalmente se dão conta da condição em que se encontram, nesta ou noutra vida.

O libreto de *Manhã e noite*, como transformação do enredo do livro destinada aos palcos, oferece outra perspectiva ao leitor e amplia essa narrativa tão cativante. Uma transformação que ocorre quase por moto próprio, segundo o autor, embora contenha detalhes que se destacam, inclusive e principalmente, quando não correspondem ao original. "Não sou eu que decido, quem decide é a própria escrita — é algo que acontece quando eu sento e começo a escrever. Claro que sei que estou escrevendo um romance ou uma peça, um poema ou um libreto. A literatura vem da literatura, como se diz. Estou ciente do que é um gênero literário", diz Fosse. "Assim, é a escrita quem decide o que vou manter ou omitir do romance. O libreto adquire uma lógica própria, torna-se uma peça literária em si." Não se trata, pois, da mesma lógica do romance, o que permite que a mesma história seja apresentada de duas maneiras distintas, uma forçosamente mais concisa do que a outra, com todas as implicações intrínsecas à transposição de gênero literário: redução de cenas, mudanças na sequência dos eventos, corte de personagens etc.

O leitor mais atento, inclusive, deverá reparar já na cena do parto que a personagem Marta, mãe de Johannes no romance, é chamada de Signe no libreto — mesmo nome de uma das filhas do protagonista. Terá sido um equívoco ou algo deliberado? No universo onírico de Fosse, onde tudo é e deixa de ser ao mesmo tempo, é impossível saber ao certo — e, na verdade, pouco importa.

Também sobressai na obra um tom religioso, senão transcendente, tal como no restante da obra de Fosse. *Manhã e noite* foi escrito antes de o escritor se converter ao catolicismo, no ano fatídico de 2012, após cinco décadas de uma relação conturbada e ambivalente com a religião. Nesse mesmo ano, já consagrado dentro e fora do país, casou-se novamente, assumiu a residência honorária no bosque real, em Oslo, outorgada pelo rei da Noruega a um notável artista local, e sobreviveu a um incidente alcoólico quase fatal. Recuperado, tornou-se abstêmio, recolheu-se de uma vida de excessos, deixou de frequentar eventos públicos e se converteu a ponto de se tornar católico fervoroso, mas sem renegar sua incursão pelo marxismo e anarquismo quando jovem, sua esperança na social-democracia e muito menos as contradições graves desses dois milênios de Igreja católica.

O aspecto metafísico, cujo auge está ilustrado no instante da passagem de Johannes para um outro mundo do qual não sabemos e jamais saberemos, já permeava o restante da obra de Fosse. Se adquiriu características mais identificáveis com a fé católica nos escritos mais recentes, entretanto, em nenhum momento soa proselitista nem gratuito. É evidência bastante de que a alta cultura e a fé podem, e talvez até devessem, conviver bem na contemporaneidade. Os ateus podem ter dificuldade em se convencer disso, mas é forçoso reconhecer essa possibilidade. Pior para nós, brasileiros, se não estivermos habituados a ela.

Nascido numa família pia na cidade de Haugesund, costa leste da Noruega, Fosse se mudou ainda criança para a comunidade rural de Strandebarm, um pouco mais ao norte, à beira de um fiorde. Aos dezessete anos, rompeu com a Igreja luterana norueguesa, mas jamais deixou de lado o fascínio pela religião. A ruptura, ele explica, resultou de um reiterado desencanto com o culto, presidido por um pastor num púlpito elevado acima dos fiéis, com a palavra assumindo um caráter mais importante do que o sacramento. Não deixa de ser paradoxal constatar que alguém que forja essa mesma palavra como ferramenta de trabalho possa pensar assim.

Num encontro recente que tivemos em Oslo, Fosse revelou que foram sobretudo eles, os sacramentos, que o atraíram ao catolicismo e o reaproximaram do contato com uma dimensão superior que não tem nome, não se deixa conhecer e acercar, mas que, para ele, está lá e é. "Deus nem faria tanto empenho, eu suponho, não é por causa Dele que os sacramentos existem, mas por causa dos homens. A liturgia tem uma boa dose de teatralidade que me atrai, me faz distanciar de mim como indivíduo e me faz sentir que pertenço a algo muito maior", explicou. "O meu marxismo materialista não dava conta de muitas coisas. A música, por exemplo. O desconhecido, sempre o mistério. A escrita, de onde ela vem? Você tem que aceitar que existe uma outra dimensão, insondável, que podemos chamar de Deus, se é que podemos dar um nome a isso."

Eis o mistério da fé. Eis o mistério de Fosse.

Do latim *liber* do italiano *libro* em português *livro* que no diminutivo é *livrinho* e em italiano é *libretto* e abrasileirado vira *libreto* com uma letra a menos e que nada mais é do que o texto dramático cantado na ópera e assim temos sob o mesmo título de *Manhã e noite* tanto o romance quanto sua versão dramática e ambas assinadas por Jon Fosse que neste livro-objeto foram compostas em FF Mark Pro e impressas pela Ipsis Gráfica e Editora em papéis Pólen Bold 90 g/m^2 para o miolo e Masterblank 270 g/m^2 para a capa no mês de maio de 2025 e que compõe o primeiro título da coleção Libro&Libreto.

MISTO
Papel | Apoiando o manejo florestal responsável
FSC® C011095
FSC
www.fsc.org